夕闇通り商店街
たそがれ夕便局

栗栖ひよ子

ポプラ文庫

目次

TASOGARE YUBINKYOKU

たそがれ夕便局ご利用のご案内

霊・生《い》き霊《りょう》・悩みを抱えた人間のお客様へ

・当夕便局は、夕方のみ営業しています
・局内で手紙を書いて、お出しいただけます
・過去・現在・未来のどこへでも、だれにでもお出しいただけます
・ただし、亡くなった方にはお届けできません
・過去に手紙は届けられますが、起こった出来事は変えられません

手紙を書く際の注意点

・鏡文字で書くこと
・文字数制限を守ってください

※守らなかった場合のペナルティについては局員におたずねください

一通目

いつか出会う
あなたへ

どうして、こんなことになったのだろう。

私は、流れてくる涙をぬぐいもせず、早足でずんずん歩きながら、自問自答を繰り返していた。

本当に、どうしてこうなったの？　私が悪かったの？

道ばたで叫び出したい気持ちを抑えて、ただひたすら足を動かす。それでも、嗚《お》咽《えつ》が漏れてくるのを止められなかった。

二十八歳になったばかりのこの日。私は六年付き合った彼氏に振られた。

恋人の政志《まさし》とは、新卒で配属されたショッピングモールで出会った。私はアパレル、政志は眼鏡店。モールの店長会や休憩室で何度か顔を合わせるうちに、挨拶を交わす仲になった。

きっかけは、私が角膜炎《かくまくえん》にかかったとき、コンタクトがつけられないのでオシャレな眼鏡を作りに政志の店に行ったことだ。店長だった政志が接客してくれ、フレームを選ぶ間の雑談で、お互い新卒で、社員だからいきなり店長を任され、自分より年上のスタッフをまとめるのに苦労していることなど、共通点が多いと知った。親近感を抱き、急に距離が近くなったような気がしたっけ。そこからは、交際に至るまで時間はかからなかった。

付き合っている間はとても楽しかった。お互い販売業だから仕事に理解があったし、土日やお盆、お正月に休めないのも共通認識だったからケンカになったことがない。閑散期に休みを合わせて旅行に行ったり、クリスマスなどのイベントを楽しめない代わりに平日デートを満喫したりした。政志に対して不満はなにもなかったし、政志もそうだったと思う。

なんとなくズレを感じ始めたのは、結婚を意識してから。

一年くらい前から、お互いの間で『そろそろ……』という雰囲気になってきた。感動のプロポーズというのはなかったけれど、『もう二十代後半だしいいタイミングだよね』と話したり、親に紹介したりして、結婚に向けての助走が始まった、と感じていた。

このころには、勤めるモールは別々になっていたけれど、政志も私もずっと今の仕事を続けるものだと思っていた。政志自身、眼鏡店の仕事は気に入っているみたいだったし、やりがいだって感じていたはずだ。でも、政志はいきなり、『転職することにした』と、もうすっかり心を決めたような顔で報告してきたのだ。

『えっ、急に？　もっと考えない？』と私が返すと、ムッとした顔で、今の仕事だと土日が休めないから結婚には厳しい、子どもができたとき親が土日休みの仕事のほうがいい。俺も早めに転職するから私にもしてほしい、というのを強い口調で言ってきた。私は『わかった』と返事をした。流されたわけじゃなくて、政志の言い分はもっともだし、そこまで真剣に結婚後のことを考えてくれているのがうれしかったから。そして宣言通り、政志はその後すぐ眼鏡店をやめ、土日休みの工場に転職した。今思えば、それがすべての元凶だった。

「……あれっ。ここ、どこだろう」

視界が滲んだまま、周りを見ずに歩いていたら、いつの間にか知らない通りに出ていた。

「ヤバい、戻らなきゃ」

でも、引き返そうとしたところで足が止まる。

もう、疲れたなあ。今日はこれ以上、歩きたくない。がんばりたくない。なんなら、呼吸をするのだってやめたいくらいだ。

「はぁ、しんどい……」

どこかに休憩できる場所はないだろうか。静かなカフェとか、自販機とベンチでもいい。ただ、もう一度歩き出すために、足と心を休められる場所が欲しい。

「……ん？」

きょろきょろと周辺を見回していると、道の先に石造りの階段が見えた。向かってみると、身を隠すように小高い木々におおわれた、こぢんまりした神社だった。

神社なら、ベンチくらいあるだろう。それになんだか、人もいなそうだし。できれば泣きはらした顔は人に見られたくなかったから助かった。

しかし、階段を上った先には小さな社があるだけで、椅子もベンチもなかった。

「ええ～……、そんな……」

がっかりしたけれど、神社の雰囲気は落ち着けそうだった。

神主もいなそうな、さびれたお社。伸ばしっぱなしの木と草。なんの手入れもされていない自然のままの神社だったら、今の私でもありのまま受け入れてくれそうな気がしたのかもしれない。

気がつくと、賽銭箱《さいせんばこ》に小銭を入れ、神様に手を合わせていた。今願うことなんて、ひとつしかない。

――政志と浮気相手に、バチが当たりますように。ふたりがひどい目にあいますように。そして、浮気相手のお腹の子にも――。

ハッとして、首を横にぶんぶんと振る。ダメだ、こんなことを考えては。いやもちろん、政志のことは許せないしバチは当たってほしい。でも、まだ生まれてもいない新しい命の不幸を願うなんて、私にはできない。

「……こうなってもいい人ぶりたい自分が嫌だなぁ……」

工場に転職した政志は、私にも転職を急かすようになった。当時私は新店舗の店長に就任したばかりで、不慣れなスタッフたちを残して無責任にやめられない立場にあった。そう説明し、少し待ってくれるよう頼んだのだが、政志は不満そうだった。

政志はそんな私にイライラしていたのだろう。そのころから、会ってもケンカすることが多くなった。私は私で、『結婚するなら、短気なところは直してほしい』と思っていたから、謝ったり気を遣ったりもしなかった。

メールの返事が遅くなったり、電話がつながらなかったり、デートの誘いを断られるようになったりしたのは、その少しあとだ。

「ごめん、浮気相手が妊娠した……。別れてほしい」

二時間ほど前、政志の家でそう言われたとき私は、ドッキリだと思ったんだっけ。だって、浮気してるのだって知らなかったのに、一足飛《いっそく》びに妊娠？　そういうことには慎重な政志が、本当に？

相手が転職先の工場の、二十二歳の女の子だと聞いたときには、怒りや悲しみより憎しみのほうが強くなった。私が政志と付き合い始めた歳と同じ。私が失った六年を、まだ持っている女の子。

過ちは一回だけだった、向こうから誘われて断れなかった、私がなかなか仕事を辞めなくていらついていた。

そんな言い訳を重ねる政志が、今までで一番遠い人に見えた。

「なんでそれで、私と別れるって話になるの。向こうが浮気相手なんでしょ？」

遠回しに、子どもはあきらめて向こうと別れろと伝えた。そうするのが誠意だと思ったし、そうすれば、いつかは政志のことも許せるだろうと甘く見ていた。これだけ現実を突きつけられてもまだ、私は結婚をあきらめていなかったのだ。

しかし、気まずそうな顔で発せられた政志の一言で、背筋がすうっと冷えた。

「子どもに罪はないから」

そのセリフはひきょうだ。もうなにも言えなくなる。急にこっちが悪者になったような錯覚さえ抱いた。

それから何十分も、泣きわめいて暴れた。近くにあったティッシュボックスを投げつけたとき、政志はよけなかった。うつむき、座ったまま、ひたすらじっと耐えていた。断罪されて当然だと受け入れているようにも、そうすることが償いになるのだと勘違いしているようにも見えた。

どれだけ泣いて訴えてもこの状況は変わらないんだと察した私は、疲れ果ててしまって、政志の部屋を出た。「ごめん」と後ろから何度も謝られたけど、振り返らなかった。そして——今に至る。

あれだけ流した涙がまたあふれてきて、私は社の前でうずくまる。このままここで泣き続けたら、体の水分がみんな出て、カラカラのミイラになれるだろうか。

「……バカみたい」

そうなったら政志と浮気相手もさすがに罪悪感を抱くだろうと、想像している自分が滑稽《こっけい》だった。どんなにここで時間がたっても、浮気相手のお腹の子どもがすくすく育っていくだけで、私がミイラになることなんてありえないのに。

「……ん？」

ひとしきり思い出し泣きをし、顔を上げたら、神社の景色に違和感を覚えた。どうしてだろうとじっと見回してみて、気づく。敷地を囲むように生えている木と、周りの草むらが、裏手の一部分だけぽっかり拓けているのだ。不自然にそこだけ刈り取ったみたいに。

なにかあるのかな、と近寄ってみて驚く。拓けた場所から一直線に道が延び、その先に商店街が広がっていたから。

「嘘……。こんなところに？」

舗装していない砂利道の両側に並んだ、背の低い建物たち。その後ろには濃いオレンジ色の空が見えて、私はやっと日が暮れていたことに気づいた。

さっき石段を上ったときには、裏手に商店街があるなんてわからなかった。なにかがおかしい。ごくっと、つばを飲み込む。脈打つ心臓は警鐘を鳴らしているのに、足はふらふらと前に動いていた。

神社の敷地を抜けて商店街まで進むと、その全容があらわになる。

街灯の代わりにぶら下がっている、赤と白の提灯。日本語ではない文字で書かれた看板。昭和の時代のようなさびれた建物もあれば、中国風の店構えの商店もある。

オリエンタルをごった煮にしてレトロで仕上げました、っていうような、妖しい雰囲気だ。

こんな雰囲気の町並みが、このへんにも残っていたんだな……とノスタルジックな気分になったのもつかの間、商店街に入って数分で私はここに来たことを後悔していた。

ほとんどの店が、閉まっているのだ。シャッターが閉められていたり窓にカーテンがかかっていたり。そもそも人にもまったくすれ違わないし、この商店街自体がつぶれているのでは？

なんだか不気味だし、引き返そうか。そう思ったときに、『商店』ではない建物のマークが目に入る。白い石造りの建物に赤いペンキで描かれたあれは、まぎれもない郵便局のマークだ。

「こんなところに、公共施設……？」

近寄ってみると、近代化された小綺麗な郵便局とはひと味違った。石でできたサイコロみたいな二階建ての建物に、等間隔で細長い窓が並んでいる。ところどころ黒ずんだ壁や、道に面して置かれた円柱形のポストが年季を感じさせる。入口は自動ドアじゃなくて木の扉だった。

ドアノブをつかみ、ためしに押してみると、ちゃんと開いた。特に郵便局に用はないけれど、内装がどうなっているのかという好奇心だけでそろそろと中を覗く。

中も、思った通りレトロで古めかしかった。

よく磨かれた飴色の木の床。部屋の中心には書き物用のビューローが鎮座し、壁側の棚には便せんやハガキが並んでいる。少し薄暗いが、ビューローの近くの棚に火の灯ったランタンが置かれているので書き物はできそうだ。

郵便局らしく、部屋を横断するような細長い受付カウンターもあるが、なぜか局員の姿が見えない。

中に入って、売り物っぽいのに値段の書いていない便せんを眺めていると、ふっと視線を感じて顔を上げる。

「うわっ！」

驚いて、跳ねるように後ずさってしまったが、それも無理はない。いきなり横に、郵便配達員の格好をした長身の男性が立っていたのだから。しかも、なかなかお目にかかれないレベルのイケメンだ。

ぱっと目につくサラサラの銀髪は腰くらいまでありそうで、同じく銀色のまつげが紫色の瞳を縁取っている。長めの前髪が顔の左半分を隠しているから、見えるのは右目だけだ。それだけでも日本人離れしている上に、白皙の顔におさまったパーツは男性的なのに繊細で、見ているだけでため息が出そうだ。着ている濃い緑色の制服と、郵便マークの描かれたつばつきの帽子は、街で見かける郵便屋さんのものとは異なっていた。

かなり目を引く人なのに、どうしてこんなに近づくまで気づかなかったのだろう。なんだか、キレイなのに存在感がない。オーラが静かすぎるというか、まるで『人』というより、『もの』みたいな……。

自分の考えの失礼さに気づいてハッとする。ダメだ、いくら彫刻のような美形だろうと、無機物扱いしては。

「きょ、局員さんですか……?」

なにも言わず、じっと私を見ている男性に声をかける。彼は、無表情のまま微動だにしない。

「あの……?」

無言でイケメンと見つめ合うかたちになって、気まずい。いったいなんなのだ、彼は私に用事があって近寄ってきたのではないのか。

「すまない。人間と話すのが久しぶりで、会話の仕方を忘れてしまった」

ゆっくり開いた唇から響く声は、低めで落ち着いていた。

「は、はぁ……?」

会話を忘れるレベルで人が来ない郵便局って、経営的にまずいのでは？　しかし、『人間』という言い方が引っかかる。

「私の名は水月《すいげつ》という。たそがれ夕便局、たったひとりの局員だ。これを読め」

水月さんは、私に一枚の紙を渡してくる。それを読む前に、局員がひとりという言葉が引っかかってたずねる。

「あの、ここは普通の郵便局とは違うんですか？」

「普通、というのはよくわからないが、ここは私が作った私設郵便局、ということなのだろうか。しかし、局員がひとりだなんて、郵便配達はどうしているのだろう……。疑問が残ったまま、紙に目を落とす。和紙っぽい手触りの紙には、達筆な筆字でこう記してあった。

たそがれ夕便局ご利用のご案内

霊・生き霊・悩みを抱えた人間のお客様へ

「えっ……。霊と生き霊って、どういうことですか？　それに、悩みを抱えた人間って……」

自分が今日まさに彼氏に振られてドン底というのを見透かされたみたいで、ドキッとする。

「書いてある通りだ。この夕闇通り商店街に来るのは、霊か生き霊、それと悩みを抱えて存在が不安定になった人間……そのくらいしかいない」

水月さんはクールな表情を崩さないが、なにを言っているのかよくわからない。

「えっと、それだけじゃなくて、おかしなことも書いてありますよね……？」

・当夕便局は、夕方のみ営業しています
・局内で手紙を書いて、お出しいただけます
・過去・現在・未来のどこにでも、だれにでもお出しいただけます
・ただし、亡くなった方にはお届けできません
・過去に手紙は届けられますが、起こった出来事は変えられません

ふたつ目までは、わかる。局員がひとりなら営業時間も限定されるだろうし、普通の郵便局にも手紙を書くスペースはあるから。でも問題なのは三つ目からだ。急

に現実味がなくなった注意書きに、私はなんとなく察する。ここはそういったコンセプトの、郵便局ふうのお店なのだと。要は、テーマパークや、コンセプトカフェなんかと同じだ。見かけが郵便局そのままなのはまぎらわしいけれど……。でもそれなら、おかしな案内書きにも、おかしなセリフを吐く郵便局員にも説明がつく。明らかに就業規則違反の髪と目の色にも。

「それならそうと、早く説明してほしい……」

いちいち大げさなリアクションをしてしまって恥ずかしい。もしかしたら、それが狙いなのかもしれないけれど。ただ、続く注意書きは、変わった店だとしても意図がよくわからなかった。

手紙を書く際の注意点

・鏡文字で書くこと

・文字数制限を守ってください

「あの……。この部分なんですけど、どうしてなんですか？」

「いったん鏡の中を通ってから届けるため、文字が反転してしまう。文字数制限があるのは、過去や未来にはたくさんの文字は持っていけないからだ。私の力が完璧ではないからな。これのせいで」

水月さんが、左目を隠していた前髪をかき上げる。するとそこには、おでこから目の下にかけて、ひび割れたような傷があった。なまじ顔立ちが整いすぎているから、余計に目立って痛々しく見える。

「あっ……」

本物の傷だと思って目を逸らしてしまったが、よく考えたら、おかしい。切り傷というより、ガラスや鏡が割れたときのような模様をしているのだ。そうか、これもきっと作りもので、メイクなのだ。

注意点の添え書き——守らなかった場合のペナルティについては、興味がなかった。そもそもだれかに手紙を書くつもりではないからだ。

「わざわざ説明、ありがとうございます。でも、私にこの夕便局は必要ないみたい」

「本当にそうなのか？」

前髪をかき上げた手を下ろし、水月さんが問いかける。

「どういう意味ですか？」

「そもそも、だれかに伝えたいことがない人間は、この夕便局にはたどり着けない」

水月さんの紫色の瞳が、まっすぐに私を見つめている。なぜか、鏡と向き合っているような気持ちになった。

「でも私、伝えたいことなんて――」

たしかに、気持ちを伝えたい相手ならいる。でもその相手には、どんな言葉も涙も通用しなかった。

「手紙は、だれにでも送ることができる。名前も住所もわからなくても」

「えっ。名前も……？」

なら、だれかもわからない、政志の浮気相手に恨み言を送ったりもできる？　いや、未来にも送れると言っているのだから、ふたりの子どもが大きくなったあとに、『あなたは浮気でできた子どもなのよ』と教えてあげるのも効くのでは？

悪魔的な考えだけど、そうすることで自分の溜飲《りゅういん》が下がる気がした。だって、どうせこんなの、〝ごっこ遊び〟なんだから。本当に、名前もわからない相手や、未来に手紙が届くわけないじゃない。

「じゃあ、書くわ。未来の……知り合いの子どもに。これから生まれるのよ」

彼氏の浮気相手の子ども、というのはさすがに伏せた。そこまで正直に、水月さんに言う必要はないだろう。手紙を見られたらバレるけれど、彼はなんとなく、そんなことはしない気がした。

「それなら、小さなカード一枚ぶんくらいの文字数だ。カードを選んで、備え付けのペンを使って書け」

「わかったわ」

棚に並んでいるのは、版画っぽい二色刷りの便せんや、手作りっぽい和紙のハガキなどだ。私はその中から、透かし模様の入ったカードを選ぶ。

「これにする。あのビューローで書けばいいのよね？」

「ああ。鏡文字にするための鏡は備え付けてある」

水月さんの言葉通り、ビューローの背面部分の下のほうに鏡が貼ってある。ちょうど、手元だけ鏡に映る感じだ。なるほど、これで鏡文字を書くのか。ちょっと難しそうだけど、そんなにたくさんの文字を書くわけじゃないし、なんとかなるだろう。

ご丁寧に、ガラスペンと青色のインク瓶も置いてあった。本格的だなあと感心し、ずっしりした水色のガラスペンを手に取る。どのくらいインクをつければいいのかわからず、おそるおそる先っぽだけ浸す。

「えーっと、宛名は……書かなくていいか」

まだ名前もない相手なのだから、書きようがない。要件だけ簡潔に、と思ったのだが、なぜか手が動かない。

「あれ、おかしいな……」

カードにぽたりと、水滴が落ちる。ガラスペンの先からインクが垂れたのかと焦ったが、それは透明な私の涙だった。

「な、なんで、今……」

私は本当に、その言葉を伝えたいのだろうか。将来、幸せに暮らしているであろう政志の家庭に、爆弾を落としたいのだろうか。

私が知る限り、政志は自分の子どもを妊娠した女性を捨てられるような男ではない。生真面目で、少し頑固なところもあって。そんな政志に私はずっと、救われていたじゃないか。

仕事の相談をすると、呆れるほど真剣に解決策を考えてくれた。非常識なお客様からクレームが入って落ち込んでいたときも、私のぶんまで憤慨して、なぐさめてくれた。お世辞は言わないから、政志に『仕事をがんばっている』と褒められるのが一番うれしかった。

言い訳だと決めつけていたのだが、誘われて一回だけ、というのも本当なのだろう。最近避けられていたのは、きっと罪悪感で、私にどう接したらいいのかわからなくなったから。

浮気相手の性格は知らないが、一回だけ関係を持った相手の子どもを産もうとするなんて、実は前々から政志を狙っていたのではないかとか、そこに若干の計画性を感じないでもないが、もしそれが計画的なものだとしても政志の選択は変わらないだろう。

「ダメだ、私にはできないや……」

今までの六年間を、自分の手で汚すことも、かといってキレイさっぱり忘れることもできない。これからも落ち込んで、泣いて、うだうだ悩みながら少しずつ立ち直っていくのだろう。でもきっと、今この時を思い出にする未来は来るはず。政志の百倍いい男と世界一ロマンチックな恋をして結ばれる、そんな未来。自分だけは、自分の幸せな未来を信じてあげてもいいじゃない。

「水月さん、手紙を書く相手って変更できる?」

私は涙をぬぐって、水月さんを振り返った。直立不動で私を見ていたらしいが、ずっと同じ体勢だったのだろうか。

「かまわない。だれにするんだ?」

「じゃあ、これから出会う未来の恋人に……っていうのはできる？」

そんな相手はいない、と言われたらどうしようとドキドキしていたが、水月さんは少し考えたあと、「大丈夫だ」とうなずいてくれた。

「それなら、同じカード一枚ぶんでいい」

「了解。ありがとう」

今日初めて、自分の口角が上がっていたことに気づく。なんだ、まだ笑えるじゃん。もしかしたら私って、自分で思っていたよりもたくましいのかも。

「さあ、なんて書こうかな」

ガラスペンをさっきよりもどっぷりとインク瓶に沈め、私は手を動かす。カリカリ、という硬質な音が気持ちいい。初めて鏡文字を書いたが、青色インクの濃淡のおかげか、なんだかサマになっているような気がする。

そうして書き上げた手紙は、こんなものだ。

いつか出会うかもしれないあなたへ
その日までがんばるから、あなたも自分を大切にしてね。

自分と出会うまでの間に、運命の相手が事故や病気で死んでしまっては大変だと思ったからだ。未来、という漠然とした指定だから、この手紙がいつ届くのか、未来の恋人といつ出会うのかわからない。もしかして、おじいちゃんおばあちゃんになってから、ということだってありえるのだから。

「……って、本当に届くわけないのに、なんでこんなに真剣になってるんだろ」

この夕便局の雰囲気と、水月さんのミステリアスさにあてられて、ファンタジーな設定を一瞬受け入れてしまっていた。

封筒に入れ、裏面に自分の名前を書く。

「えっと、水月さん、封をするシールってある?」

「引き出しに入っている」

ビューローの引き出しには、千代紙を切って裏に両面テープをつけたような、手作り感満載のシールが無造作に入っていた。あとはなにに使うかわからない、スプーンとろうそくと、ごつめのハンコ。レターセットを見ているときにも思ったけれど、もしかしてこれらの手紙用品って、水月さんの手作りだったりするのだろうか。

クールな銀髪イケメンが、ちまちまと便せんやシールを作っている姿を想像すると、くすっと笑みがこぼれた。

お花の形の赤いシールで封をして、ふうっと息を吐く。これを書いている間、悲しみを忘れられた。私に必要なのは、政志や浮気相手を責めることでも恨むことでもなく、幸せな未来を想像することだったんだ。結果的にだけど、水月さんの『だれかに伝えたいことがない人間は、この夕便局にはたどり着けない』という言葉は当たっていた。

「水月さん。書き終わったけどどうすればいい？」

私の敬語がいつの間にか外れていても、水月さんは気にしていないようだ。というか、感情の起伏《きふく》がまったく読めない。

「私が預かる」

「じゃあ、はい」

手紙を渡すと、白い手袋に包まれたすらっとした指が受け取る。「たしかに承った」と水月さんがうなずいた。

「お願いします。あ、料金っていくらなのかな」

「八十四円だ」

予想よりも安すぎて、私は目を見開いた。

「それって、切手の値段じゃない！　本当にここの経営、大丈夫？　つぶれちゃったりしない?」

従業員がひとりだと言っても、建物の維持費だって必要なはずだ。いったいどうやって生活しているのだろう。お金持ちのお坊ちゃんが道楽でやっているとか?

水月さんの浮世離れした雰囲気はそのせいなのだろうか。

「大丈夫だ。私はまだ、この夕便局を続けないといけない」

そう告げた水月さんの表情が、一瞬だけ寂しそうに見えた。私の勘違いかもしれないけど。

お金を払って、お礼を言って、夕便局を出る。だいぶ時間がたった気がしたのに、外はまだ夕方だった。

「なんだか、不思議な場所だったな……。夕便局も、商店街も」

神社に帰ってきたときには、さっきまでの出来事が夢に思えた。でも、指についた青色のインクが、まぎれもない現実だと教えてくれる。

水月さんは、本当に手紙を届けてくれるのだろうか。期待はしていないけれど、もし、あの突拍子もない話が本当なのだとしたら――。

ちゃんと寝て、ちゃんと食べて、仕事して。いつか手紙の相手と出会ったとき、胸を張って自分のことを話せるように、一生懸命毎日を生きよう。

私はバッグから携帯電話を出すと、政志の連絡先を消去した。

それからの私は、というと。政志に合わせて転職するつもりだったのが、『やっぱりこの仕事が好き』と気づいて、そのままアパレルの仕事を続けている。店長として配属された当初は人手不足だった店舗も、一、二年たつころにはスタッフも育ってきて、私の負担も減っていた。

しばらくは、政志を思い出し、ひとりが寂しくて泣く夜もあった。連絡先を消したときに電話もメールもブロックしたけれど、知り合いを通じて『政志が死ぬほど詫びていた』という話が聞こえてきた。政志が浮気相手と結婚して、子どもが無事に生まれたことも風の噂で知った。胸が痛くて、黒い感情に押しつぶされそうになるたびに、私は夕便局を思い出した。あのとき書いた手紙と、いつか出会うかもしれない相手のこと。そうして日々を生きているうちに、私は政志のことも、夕便局のことも思い出さなくなっていた。そして、あの日から数年の月日が流れた。

「店長ぉ……、また本社の黒澤《くろさわ》さん来てるんですか……?」

遅番で夕方から入ってきたスタッフが、売り場にいるスーツ姿の男性を見て泣きそうな顔になった。

「ああうん、こっち方面の出張のついでに様子見に来たみたい」

「予告なく来るのやめてほしいです～……。黒澤さん厳しいから、いちいち緊張しちゃって」

情けなく肩を落とすスタッフの背中を、「大丈夫大丈夫！」とたたく。

「黒澤さん、厳しくても理不尽なことでは怒らないから。いつも通り、ちゃんとやってれば大丈夫」

「ええ～……。店長は平気なんですか？　私、あの鋭い目で見られているだけで、接客がぎこちなくなりそうです……」

「いやまあ、私もまだ緊張するけど。でも、みんなが思っているほど怖い人じゃないよ」

「そうですかぁ……？」

手早く乱れた衣類をたたみ直しながら、スタッフの動向に目を光らせている黒澤さんは、うちのブランドの本社の人だ。本社には、店舗のアドバイザー的な役割の人がいるのだが、最近担当が変更になった。中途採用らしい黒澤さんは三十代のクール系イケメンで、新担当として挨拶に来た当初はスタッフがきゃあきゃあと喜んでいた。

しかし、はしゃいでいたのは最初だけで、細かい・厳しい・言い方がキツいの三拍子だとわかったとたん、スタッフ人気は急降下。今では『鬼の黒澤さん』と恐れられ、こうして店舗に視察に来るたびに、お店の空気を冷やしている。

でも、私はほかのスタッフほど彼が嫌いではない。指摘はすべて的を射ているし、黒澤さんが担当になってからうちの店の売り上げは上がった。スタッフの接客だけでなく、店内の配置や服の見せ方まで細かく指導してくれたおかげだ。それに、だれよりも真剣に仕事に取り組んでいるのは、何回も会っていればわかる。こういった存在が上にいてくれるのは、店長としては頼もしい限りだ。

「もうすぐお正月のセールもあるし、黒澤さんに褒められるようにがんばろ！」

「は、はい。そうですね、いっぱい売り上げて見返してやりましょう！」

まだ店に入って日の浅いスタッフも、セールに向けてやる気を出しているのがうれしかった。

その後のお正月セールは地獄のような忙しさだったが、福袋は一気に完売し、三が日の売り上げ合計は、エリア内店舗でめでたく一位を記録した。鬼の黒澤さんもこのときばかりは笑顔で「お疲れさま」と声をかけてくれ、涙を流していたスタッフもいた。

松の内も過ぎ、客足も落ち着いてきたころ、私はなぜか黒澤さんに飲みに誘われた。しかもふたりで、である。私が早番の日に仕事が終わってから、モール近くの居酒屋でという約束だったので、緊張しながら店に向かった。『お正月セールの慰労』と言われていたが、言葉をそのまま受け取ってはいけない。健闘をねぎらわれるのか、もっとやれたはずだと怒られるのか、確率は半々である。

「お、お待たせしました……」

居酒屋の個室に入ると、黒澤さんはおしぼりで手を拭いているところだった。まだ注文はしていないらしい。

「ああ、来たか。疲れているのにすまないな」

「い、いえ……」

スーツを脱いでネクタイをゆるめ、袖のボタンも外している黒澤さんは、ずいぶんリラックスしているように見えた。このぶんだと、お叱りの可能性はない……？

慰労という言葉は疑わなくてよかったのかも。

ホッとして腰掛けると、黒澤さんがメニューをこちらに向けて渡してくる。

「好きなものを頼め。俺はだいたい決めたから」

「はい、じゃあ遠慮なく……」

好みのおつまみと生ビールを頼む。黒澤さんが注文したのも生ビールで、おつまみはことごとく、私が頼むかどうか迷って却下したものだったので、好みの一致にびっくりした。

「じゃあ、乾杯。セール大成功を祝って」

ビールが運ばれてきたので、グラスを合わせて乾杯する。来る前は『黒澤さんとふたりだなんて、なにを話したらいいんだろう』『緊張して味なんてわからないかも』と不安だったのだが、お酒の効果もあって黒澤さんは饒舌だった。こちらの話も聞いてくれるし、さりげなく褒めることも忘れない。話題がなくなると本社でのおもしろエピソードを語ってくれ、気づけばおつまみを食べるより話に夢中になっていた。

注文したおつまみを食べ尽くし、そろそろデザートでも頼もうかとメニューを見ていたところ、黒澤さんが神妙な声色で語り出した。

「びっくりしただろう。急に俺から誘われて。堅物な上司との飲みなんて慰労にならないだろうが、これくらいしか思いつかなくてすまない」

「えっ、いいえ、そんなことないです」

「気を遣わなくていい。店舗スタッフにどう思われているかくらいはわかっている。

本当は全員連れてきたかったんだが、かえって嫌がらせになるだろうから……。スタッフには菓子を買ってきたから、渡しておいてくれるか?」

「あ、ありがとうございます……」

テーブル越しに渡されたのは、SNSで見たことがあるかわいい焼き菓子店の紙袋だった。黒澤さんがこんな、女子が好きそうなお店を知っているだなんて意外だ。もしかしてこのために、わざわざスタッフが喜びそうなものを調べてくれたのだろうか。

プライベートの会話だと意外と気遣い屋だとわかった今、そんな彼の姿が簡単に想像できてしまう。

「あの。慰労にならないなんてことないです。今日、すごく楽しいです」

本当に、うっかり上司だと忘れてしまうくらい楽しかったのだ。おつまみも、お酒も、オーソドックスなものなのにいつもよりおいしく感じられた。

「それに、嫌われているなんてこと、ないですよ。黒澤さんに褒められて感激で泣いている子もいましたし、厳しいだけじゃなくてちゃんと自分たちを見てくれる上司だって、みんな気づき始めていますから」

わかってほしくて、つい声に力が入る。黒澤さんはびっくりしたような表情でこちらを見ていた。

「ちょっと、自分のことを話してもいいか？　これは今日打ち明けるつもりはなかったんだが、俺も思いのほか楽しくて……。君に話してみたくなった」

「はい。私でよかったらなんでも聞きます」

黒澤さんは、「ありがとう」とかすかに微笑み、お冷やをひとくちだけ飲んだ。

「どこから話せばいいかな……。俺が今の会社に中途採用だということは知っているよな？　数年前までは違うアパレル会社に勤めていた。大手ではなく、ひとつのブランドを全国展開しているところで」

黒澤さんが告げたブランドは、私もよく知っているものだった。以前勤めていたショッピングモールにも入っていた。

「そこの本社がブラックでな……。まあ、忙しくて薄給なのはアパレル業界共通だが、それでもキツかった。常に人員不足だったから、連勤が続いて過労死寸前だった。同僚の中には、体や心を壊してやめていくやつが大勢いたよ」

アパレルが激務なのは有名な話だ。でもそれは、低賃金で働かされている店舗スタッフだけだと思っていた。本社でもそうだなんて……。

「大変だったんですね……」

愕然としてしまい、気の利かない言葉しか返せなかった。

「そんなとき、宛先の書かれていない手紙が届いたんだ。郵便屋に直接手渡しされたんだが、そいつも変わっていた。銀髪ロン毛で、やたら美形だったんだ」

「えっ……!?」

私は久しぶりに、たそがれ夕便局と水月さんのことを思い出した。まさか、その郵便屋さんの正体って。

続く黒澤さんの言葉に、私は言葉を失った。

「その手紙にはな、『出会う日まで自分を大切にしろ』ということが書かれていた。それを読んで初めて、自分が無理をしていると気づけた。それからすぐに転職して今に至る。それだけでも奇妙な話なんだが……その手紙に書いてあったのが、君の名前だったんだ。変なことを言ってすまないが」

黒澤さんが、遠慮がちに私を見る。

それは間違いなく、私が未来の恋人にあてて書いた手紙だった。

「そ、それ……」

唇が震えて、言葉にならない。ドン底だったあの日のことや、それからがんばってきた数年間が一度によみがえってきて、胸がいっぱいになった。

そうだ。私は今日この日のために、あなたと出会ったときのために、必死で毎日を生きてきたんだった。

「ど、どうしたんだ!?　すまない、やっぱりこんな話、不快だったか」

黒澤さんがぎょっとしたあと、焦り始めた。どうやら私はいつの間にか、涙を流していたみたいだ。

「すみません、違うんです。実は私にも、数年前に不思議な出来事があったんです」

おしぼりをまぶたに当てながら、おばあちゃんになる前に出会えた奇跡をかみしめる。

「とある夕便局に救われた話なんですが……聞いてくれますか？」

泣き笑いの顔でたずねると、黒澤さん――私の未来の恋人は、同じような表情になったあと、うなずいた。

「もちろん」

＊　＊　＊

早朝のオフィス街でスーツ姿の男を見つけ、水月は目を細めた。顔色が悪く、ふらふらした足取りで歩いている男は、水月が今回手紙を届ける相手だった。

「ちょっといいか。郵便屋なのだが」

声をかけると、男はいぶかしげな表情で振り返ったあと、水月を見て眉を寄せた。

「は……？」

「ずいぶん探したぞ。このタイミングならお前はまだ生きているんだな」

「……あんた、なにを言っているんだ？」

男の疑問には答えず、水月は肩にかけた郵便鞄から手紙を取り出す。

「お前に届ける手紙がある」

戸惑ったままの男に手紙を押しつけ、水月はその場を去る。幸い、追ってくる様子がなかったので、脇道に入ったところで姿を消した。

夕便局に戻り、空の郵便鞄を下ろす。人の気配のない部屋に、水月のひとりごとが響く。

「あの人間が手紙を書いた時点では、まだ確定していない未来だったから変えられた。手紙に込めた思いが、ふたりの人間の運命を変えたんだ」

ふっ、と唇が弧を描く。それは水月にしては珍しい表情だったのだが、それを見た者は、だれもいない。

二通目

長年
連れ添った妻へ

わしの頭の中には、記憶を食い散らかす化け物がいる。

化け物の名前は、認知症というらしい。


気がつくと夕暮れ時で、わしは知らない商店街の中にいた。

「なんだ……ここは……。わしはまた徘徊《はいかい》してしまったのか？」

八十を越えてから、医者に認知症と診断された。自分に、ぼけているという自覚はない。自分の名前だって覚えているし、今日の日付だってわかる。ただ、日に日に、記憶のない時間が増えているのだ。その間にわしは、手帳に意味不明の文章を書き付けたり、外に出かけて迷子になったりしている。きっと、〝もうひとりのわし〟は間違いなく認知症なのだろう。

自分が家族の名前を間違えたり、医者が出してくるクイズのような質問に答えられなかったりする姿を想像すると、嫌な気分になる。そのせいで、わしの頭がきちんとしているときでも、家族や医者はわしを認知症老人扱いしてくるのだ。子どもに対するような、ゆっくりした高い声で話しかけられるとイライラして、『わしは赤ん坊じゃない！　お前より年上なんだぞっ』と怒鳴りたくなってくる。ただ、そんなことをしたらますます厄介な老人だと思われるので、がまんしている。

「それより、なんでわしはここに来たんだ？」

持ち歩いている茶色い革の手帳になにか書いてあるかもしれない。ズボンのポケットから出して今日の日付を開くと、『トキと美咲《みさき》さんを間違えた。トキは悲しそうな顔をしていた』と書いてあった。

わしは、過去のわしに憤慨した。長年連れ添った妻のトキと、同居している嫁を間違えるなんてありえない。帰ったらトキに謝罪しなくては。

商店街についてはなにも記されていなかったので、わしはこのまま道を進むことに決めた。歩いていれば、わしがどうしてここに来たのか思い出すかもしれない。

痛む足腰にむちうって、杖をつきつつゆっくり歩く。知らない商店街と言ったが、なんだか懐かしい気がした。わしが若いころの、昭和の時代の商店街の景色に似ているのだ。まあ、あのころの商店街には、こんな中国風の建物も、何語だかわからない外国語の看板も、赤と白の提灯もなかったが。

「それにしても、どの店も開いてないじゃないか。シャッター商店街なのか？」

人気も活気もないが、昭和感のある商店街を歩いていると、若いころの記憶がよみがえってくる。

妻のトキとは、成人してすぐ出会った。中学校の同窓会で見かけて、ひとめぼれだった。トキは女優の花吹雪蝶子《はなふぶきちょうこ》に似ていて、きりっとした美人だったのだ。そのころはひと学年の人数が多かったので、同学年であっても顔を知らない生徒が大勢いた。わしはまだ一介の雇われ職人だったが、かまわずプロポーズした。ほかのやつに取られる前に。

結婚して、長男が生まれたころ独立し、小さい町工場の経営を始めると、家族と従業員の生活が急に肩にのしかかってきた。経営がうまくいかなければ家族を養えないし、従業員も路頭に迷わせることになる。

わしは必死になって毎日働いた。夜遅くまで工場にこもり、休みなんてないようなものだった。そのせいか、子どもと触れあった記憶があまりない。気づいたら長男をはじめ三人の子どもたちは大人になり、各々の家庭を築いていた。充分な額の給料を家に入れていたが、そのせいで間違った自信を持ち、トキが『もう少し家族のことも気にかけてほしい』と言っても『だれが養ってると思っているんだ。俺がこんなに苦労して働いているから、いい暮らしができているんだぞ』と怒鳴り返していた。

足腰が弱り、七十近くなってから町工場を手放した。息子たちは安定した職についていて、継いでくれる者がいなかったから、つぶすしかなかったのだ。幸い、従業員もわしと同じ年配者ばかりだったから、工場がなくなることで困る者はいなかった。あれだけ、家族や従業員の生活のために働いていたのに、なくなってもだれも困らないなんて。自分の数十年はなんだったのだろうと、わりとショックを受けた。

でも、つらいのはそれからだった。退職したわしに、トキも美咲さんも冷たかった。冷たいというか、急に毎日家にいるようになった大きいお荷物を、どう扱っていいかわからないようだった。長男は我関せず、という態度で、すでに家を出ている大学生の孫はほとんど帰ってこない。

暇で一日中テレビと新聞を見ているわしとは違って、トキは忙しそうだった。庭のガーデニングに、婦人会の集まり、主婦仲間とのお茶会。トキはもう、この数十年の間に、家庭以外のコミュニティに自分の居場所を見つけていた。

トキの機嫌を取ろうと、最初は『なにか手伝うことはないか？』と声をかけていた。しかし、台所に入ると微妙な顔をされ、掃除をすれば『まあ……うん。ご苦労様』となにか言いたげな言葉を引っ込める。ああ、わしの手伝いはジャマなんだなと、嫌でも気づく。

そうなって初めて、仕事ばかりして家庭をかえりみなかった自分は間違っていたのだと、トキにはずいぶんと苦労をかけてきたのだと、やっと気づいた。皿洗いも風呂掃除もまともにできず、自分の息子や嫁との会話も続かない。家にいるわしは、タンスやコタツのような大きい家具と一緒だった。しかも、勝手に動いて、飲み食いもするタンスだ。

そのころになってやっと心を入れ替え、トキを旅行に連れていってやろうと思っても、足腰の悪い自分には無理だった。そういえば、夫婦で旅行に行ったのなんて、新婚旅行きりではなかったか。

自分にできるのは、トキや嫁のジャマにならないようおとなしくし、たまにやってくる孫たちに小遣いをやることくらいだった。

妻をどうねぎらったらいいのだろう。長年家庭を守ってくれ、今なお自分の面倒を見てくれていることへの感謝を、どう伝えればいいのだろう。直接『ありがとう』と言うだなんて、頑固で意地っ張りな自分では無理だ。ここのところ〝もうひとりのわし〟が出てきている時間のほうが長くなっている。もしかしたら明日にだって、この気持ちは忘れてしまうのかもしれない。

考えないようにしてきた、『自分が自分でなくなっていく恐怖』が突然襲いかかってくる。怖くて、頭を抱えながら叫び出しそうだ。

「ああ……。いやだ……。ぼけるのは、忘れてしまうのは、いやだ……」

よろけてなにかにもたれかかると、それは郵便ポストだった。四角いものではなく、昔主流だったタイプの、円柱状の。

ふっと横にある建物を見ると、よく知っているマークが描いてあった。

「なんだ、ここは。郵便局じゃないか」

しかも今時の、ガラス張りで自動ドアの、コンビニのような郵便局ではない。石造りの二階建てで、入口はガラスのはまった木の扉だった。

「待てよ……。郵便局ということは、手紙か……」

妻に直接感謝を伝えられないなら、手紙に書くというのはどうだろうか。今書いてしまえば、あとは郵便配達員が届けてくれるだけだから、忘れてしまう心配もない。

「なかなかいいアイディアじゃないか」

さっきまでは死にそうなくらい暗い気持ちだったはずなのだが、その理由は思い出せない。まあいいか、と郵便局の扉を開いた。

「どうも。ごめんください」

一応挨拶をして入ったのだが、中にはだれもいなかった。

「やっていないのか……？」

しかし、壁に面して置かれた棚には便せんやハガキが並んでいるし、中央には古いタイプの書き物机もあった。

「カウンターにだれもいないとは……。職員がなまけているんだな」

ぷりぷりしながら声に出すと、いきなり肩をたたかれた。

「わっ、だれだ！」

驚いて転びそうになり、体をぷるぷるさせながら杖にすがりつく。

振り返ると、長髪で背の高い男がわしを見下ろしている。

「私が、このたそがれ夕便局の局員、水月だ。なまけているのではなく、貴殿が気づかなかっただけだ」

「き、気づかないわけあるか。そんなに目立つ見た目をしているのに」

接客業なのに敬語も笑顔も使えないこの男は、腹が立つくらい美形だった。しかも、髪が銀色で目が紫色だ。若いのに銀色に見えるくらい白髪が多いなんて、意外と苦労しているのだろうか。

「本当だ。どうやら人間にとって私は、認識しづらい存在らしいな。私が〝生き物〟ではないからだろう」

「はあ……？」

なにを言っているのかわからないが、聞き返すのはなんだか癪だった。

「ここに来たということは貴殿にも伝えたい言葉があるのだろう」

男は、私に紙を渡してきた。筆でなにかが書いてある。なかなか達筆のようだ。

「何だこれは？」

「案内だ。読めばわかる」

手帳が入っているのとは反対側のズボンのポケットを探ると、老眼鏡《ろうがんきょう》があった。忘れていなくてよかった。

「どれどれ……」

老眼鏡をかけて紙に目を落とすと、そこには素っ頓狂《とんきょう》なことが書いてあった。

「なんだこれは。わしをバカにしているのか？」

「なぜそう思う」

「だって、おかしいではないか。亡くなった人に手紙を送れないとか、過去の出来事は変えられないとかは、当たり前のことだからわかる。しかし、過去や未来に手紙を送れるなんて……」

いや、未来ならできる。手紙を預かっておいて、指定された日になったら送ればいいのだから。でも過去は、どうやっても無理じゃないか。

「なにもおかしくはない」

どうやらこの水月という男には、話が通じないようだ。

「まあいい。わしが送りたいのは過去でも未来でもないからな」

ここに書いてあるのがでたらめでも、普通に手紙を出すぶんには関係ないだろう。

「だれに送るんだ？」

「妻のトキだ」

「それなら、特に文字制限はない。好きな便せんを選ぶといい。ペンは机に備え付けてある」

男は、古びた書き物机を指さす。

「ちょっと待て。この、鏡文字で書くというのはどうしても必要なのか？」

「必要だから書いてある」

「……わかった」

ここを出てまともな郵便局を探してもいいが、そうしているうちに手紙を書こうとしていたことを忘れてしまうかもしれない。この男が信用できるかどうかはわからないが、任せるしかないだろう。わしは気を取り直して便せんを選ぶことにした。

「ほう、懐かしい。活版印刷《かっぱんいんさつ》に芋版《いもばん》か……」

置いてある便せんやハガキも、昔ながらの手作りのものだった。わしは青と黄色のレモン柄の便せんを選び、封筒と一緒に書き物机に持っていった。

「さて……」

机には、ガラスペンと青色のインクが置いてある。なかなか趣があるじゃないか。ガラスペンをインクにつけて、さあ書き始めようと思ったところで、手がぷるぷる震え出した。

「あ、ああ……」

ペン先が揺れ、便せんの上にぽたりとインクが垂れる。

そういえば、手帳に鉛筆で書かれた字も、薄くて歪んでいた。もう、字も満足に書けないくらい握力が弱くなっていたのか。

これでは、ひとことふたことしか書けないではないか。それじゃ、トキに感謝を伝えられない。

「くそ……くそ……」

ペンを置いて、頭を抱える。どうしてこんなに老いるまで、自分はなにもしてこなかったのだろう。いつも後悔するのは、間に合わなくなってからだ。そう、あのときも――。

あれは数年前。トキがガンになったときも、同じことを思ったのだった。検査結果が出たら、トキに優しい言葉をかけよう。手術が終わったら、手を握って寄り添おう。そう考えていたのに、わしはそのどれもできなかった。検査結果が出たときも、入院が決まったときも、ただおろおろしていた。手術が終わったあとは毎日見舞いに行ったが、ついぞ気の利いたことは言えなかった。トキが退院できたからよかったものの、あのまま亡くなっていたら、わしは後悔でおかしくなっていたかもしれない。

トキ、トキ。お前はどうしてこんな男の妻でいてくれたんだろうなあ。ちっとも優しくなかったし、理想の夫でも、父親でもなかった。器量よしで働き者のトキだったら、もっといい男と結婚できただろうに。

今まで忘れていたトキとの思い出が、急に頭の中によみがえってくる。

わしがどんなに遅く帰ってきても、起きて待っていてくれた。毎日、うまい飯を作ってくれて、給料日には欠かさず、わしの好物のトンカツを揚げてくれた。次男が反抗期で、わしに口答えしたときは『お父さんにそんな口をきいてはダメよ』と叱ってくれた。末っ子の長女が遠方に嫁に行き、寂しくてこっそり泣いていたときは、『あなたには私がいるじゃないの』と背中をさすってくれた。

尽くして、支えてくれたのに、わしはトキになにも返せていない。せめてこの手紙だけは、しっかり書き終えなければ。

「なあ、水月さん」

わしは、ふと不安になって水月という男に声をかけた。

「なんだ」

「もしわしが、手紙を書いている間に妻のことを忘れてしまっても、この手紙はちゃんとトキに届けてほしい」

この男はわしが認知症だと知らないから、おかしな頼みだと感じただろう。しかし男はなにもたずねず、ただしっかりとうなずいた。

「承知した。必ず届ける」

「そうか、ありがとう……」

わしは安心して、机に設置された鏡で手元を見ながら、鏡文字の手紙を書き終えた。

トキへ
わしの妻でいてくれて、ありがとうなあ。わしはお前がいないと生きていけないから、わしより長生きしてほしい。

「ああ、書けた……」

字を何度も間違え、二重線で消して書き直した。握力がない上に鏡文字で書いたから、ミミズがのたくったような筆跡になっている。ひどいものだ。トキがちゃんと読めるかどうかもわからない。でも、初めて感謝を言葉にできたのだ。

「あとは、住所と名前……」

便せんを折って封筒に入れ、再びペンを持ったとき、頭がぼうっとしてきた。

住所？　住所は、どこだったろうか。わしはだれに手紙を書いていたんだ？

自分の手の中にある封筒を、しげしげと眺める。

「ここはどこだ？」

見知らぬ部屋の中を見回すと、郵便配達員の服を着た青年が立っていた。テレビに出ている俳優よりも美形で、銀色の髪を長く伸ばしていた。

「あの～……。すみませんが、ここはどこなんですかね？」

青年はなぜか、ハッとした顔でわしを見た。

「ここは夕闇通り商店街の、たそがれ夕便局だ」

「はあ、夕闇通り……」

聞いたことがない名前だった。わしはなんで、郵便局にいるのだろうか。

「書き終わったなら、手紙は預かる」

「はあ……。でも、住所も宛名も書いていないのですが」

「問題ない。届ける先は聞いている」

「はあ、そうですか……」

よくわからないまま、男に封筒を渡す。

「私は代金をもらわなければいけない。八十四円だが、持っているか？」

「はちじゅうよえん、はちじゅうよえん……」

ズボンのポケットを探っても、財布は出てこない。ポロシャツの胸ポケットに手を入れると、硬貨が指に当たった。百円玉だった。

「これでいいですかな？　釣りはとっておいてください」

「使い道はないが、もらっておこう」

「それじゃ、どうも……」

青年にお辞儀をしてから郵便局を出る。しかし、そこにあったのは近所の商店街とは違う風景で、私は戸惑ってしまった。

どうしよう。家に帰れない。迷子で警察のお世話になったら、息子と美咲さんに、また怒られる。焦りと困惑で、杖を落としそうになった。

「すみませんが、どっちに行けば家に帰れますか？」

郵便局の中に戻り、先ほどの青年にたずねる。

「道は一本しかないから迷うことはない。夕便局を出て右に向かえば、神社に出る」

「どうも、ご親切に……」

青年の言う通り、道なりに進むと神社に出た。ここからだったら帰り道はわかる。

でも、はて。この神社の裏手に、商店街なんてあっただろうか。

頭がぼうっとするので深く考えるのをやめ、わしはよたよた歩きながら家に帰った。さっき夕暮れだった空はもう、藍色になっていた。

そこの角を曲がれば家に着く、というところで、懐中電灯を持って歩いていた息子に会った。

「父さん、どこに行ってたんだよ！」

息子は私の肩をつかむなり、すごい剣幕でまくしたてる。

「ちょっと郵便局にな……」

そう答えて手を払い、わきをすり抜けようとしたのに、息子は通してくれなかった。

「郵便局って……。美咲から、スーパーに買い物に行っている間に父さんがいなくなったって連絡をもらって、仕事を切り上げて早めに帰ってきたんだよ！　ひとりでどこかに行くのはやめてくれって、何度も話したじゃないか！」

前にも、同じことで怒られたような気がする。怒られるのは嫌いだ。

「……心配かけて、すまんかった」

弱々しい声でつぶやくと、息子は黙ってため息をついた。

「……家に帰ろう。美咲も心配しているから……」

帰ると、真っ青になった妻のトキが玄関で出迎えてくれた。

「お義父さん！　よかった、無事で……」

トキは両手で顔をおおって、へなへなと座り込んだ。

「美咲、大丈夫か？」

息子はトキに駆け寄って、支えながら立たせてやっている。それは夫であるわしの役目なのに、靴を脱ぐのに手間取って出遅れてしまった。

「ひとりで出かけてすまんかった、トキ」

涙目になっているトキの手を握ってそう詫びると、トキはますます泣きそうな顔になる。

「お義父さん、お義母さんは、もう……」

「いいよ、美咲。父さんに無理に現実を教えることはない」

「そうね……」

息子とトキは肩を寄せ合って、なにかを話している。わしはなんだか疲れ果ててしまって、今日は早めに寝てしまおうと決めた。

なにかを忘れている気がするが、明日になったら思い出すだろう。明日も、あさってても、わしには変わらずやってくるのだから、焦ることはない。

なあ、そうだろう？　トキ。

＊＊＊

水月が、白で統一された無機質な小部屋に入ると、老婦人がベッドから上体を起こして本を読んでいた。

「あら、どなた？　お見舞いの方かしら。病室を間違えていますよ」

だいぶやつれているが、彼女は病を感じさせない明るい声で水月に声をかける。

「見舞いではない。トキというのは貴女だな？　貴女に手紙を届けに来た」

「あら、まあまあ。そんな格好をしているからまさかと思ったけれど、本当に郵便屋さんなのね。最近の郵便屋さんは、病室にまで手紙を配達してくれるの？」

「そうだ」

水月が郵便鞄から封筒を取り出し、トキに差し出すと、彼女は老眼鏡の奥の目をぱちぱちさせた。

「ええと。だれから、かしら」

「貴女の夫だ」

「あらあら、まあまあ！　珍しいこともあるものねえ。あの人から手紙をもらうなんて、初めてだわ」

今度はころころと、鈴が転がるように笑い出す。

「手紙なら私に直接渡せばいいのに、わざわざあなたに届けさせるなんて、自分の前ではこの手紙の話題を出すなってことなのかしら」

水月は答えなかったが、トキは勝手に納得したようだった。

「まったく、昔から照れ屋なんだから……」

ふふ、と微笑み、愛おしそうな表情で封筒を開ける。

「ええと、なになに……えっ？」

手紙に目を落とした瞬間、トキの目が驚きに見開かれた。

「あの人が、こんなこと……。しかも、こんなガタガタの字で……」

便せんごと手元が震え、目元が潤んでいる。涙がひとすじこぼれた瞬間、コンコンという遠慮がちなノックの音が病室に響いた。

トキはあわてて目元を拭い、「どうぞ」と答えたが客人は入ってくる気配がない。

「あの人も耳が遠くなったから、聞こえなかったのかしら。よっこらせ、っと……」

照れ隠しのようにやけに明るい声でつぶやいて、トキはベッドから下りた。元気に振る舞っているが、足はふらついている。

「夫ったら、ここのところ毎日お見舞いに来てくれるのよね。いてもむっつり黙り込んでいるだけなんだから、そんなに来なくていいって言ってるんだけど。ねえ、郵便屋さん――」

トキが扉に手をかけ、水月を振り返ったときには、その姿はすでに消えていた。

夕便局に戻った水月は、いつも通り鞄を下ろすと、だれに聞かせるでもなくつぶやいた。

「〝現在の〟妻にとは言われなかったからな。文字数が少なかったから、過去に持っていけた」

胸ポケットから、老人にもらった百円玉を取り出し、顔の上に掲げる。

「釣り銭ぶんの、サービスだ」

三通目

引っ越してしまった幼なじみへ

子どものころの夏休みって、始まったばかりのころは永遠に続くような気がしていた。あれもしたい、これもしたい、ってたくさん遊びの予定を立ててるんだけど、実際はその半分も達成できない。あっという間に八月後半になって、時間の流れの早さを思い知るんだ。最終日に泣きながら片付ける宿題もセットで。

太陽だって、海だって自分の味方だった。自分が世界の中心だと疑いもしなかった、あの無敵感が今は懐かしい。戻りたいとは思わないけれど。

俺はそんな夏休みに、置いてきてしまった思い出がひとつだけある。

自分には、〝ナオ〟という幼なじみがいた。

小学生のころ、夏休みになると毎年祖母の家に遊びにいっていた。ひとりだけで泊まるのが新鮮で楽しくて、お盆を挟んで一週間くらいは滞在したと思う。

そのときにいつも遊んでいた、近所の子どもがナオだった。

同じ学年で、背丈も同じくらい。家の中で遊ぶよりも外遊びのほうが好きで、得意な科目は体育。ナオとは共通点が多く、俺たちはすぐに仲良くなった。

　俺は活発で気が大きく、いわゆるガキ大将というやつだった。かけっこもクラスで一番速かったし、勉強もまあまあできた。ドッジボールは、俺の入ったチームが必ず勝つから、取り合いになっていたっけ。

　そんな感じだったから、クラスに友達は多かったけれど、学校は毎日つまらなかった。だって、なにをしても自分が一番だったから、張り合いがなかった。虫取りや釣り、テレビゲームでも俺に勝てるやつはいなかったし、時には手加減だってしてやらなきゃいけないのがつまらなかった。俺だって、もっと全力で遊びたいのに。

　でも、ナオは違った。俺より足が速くて、ボール遊びもうまかった。テレビゲームで対戦しても、なかなか勝てなかった。

『ナオ、お前やべーじゃん！　うちのクラスには俺に勝てるやつなんていなかったのに』

　今考えると自意識過剰すぎて恥ずかしいようなセリフをのたまった俺に、ナオはにやっと笑って、

『ふーん。じゃあコウのライバルって、僕だけなんだね』

と返し、俺はうれしくなった。

ライバル。そんなふうに言える相手が今までいなかったから。親友兼ライバルなんて、最高じゃんって。

『おう！　ナオと遊んでいるときが一番楽しいぜ！　ずっと夏休みだったらいいのに』

『……僕もそう思う。そしたらずっとコウと遊んでいられるのに』

俺よりは言葉少なでクールなナオが、そのときはちょっとだけ寂しそうな顔をした。俺はそんなナオを元気づけたくて、こんなことを言ったんだ。

『なあなあ。俺がおばあちゃんちの子になったら、ナオと一緒の学校に通えるのかな？　そしたらきっと毎日楽しいよな』

すごいアイディアを思いついた！　という感じで得意げに話したのに、ナオは焦ったように否定した。

『ダメ。それは絶対ダメ』

『なんでだよ』

『……たまに会うから楽しいんじゃないか。毎日会ってたらありがたみがなくなる』

内心、ちっとも納得していなかったけど、『それもそうだな』と答えて流した。一緒の学校に通いたいって思っているのは俺だけだったのか、と悲しくなったから。

　まあ、次の日にはそんなこと気にせずにいつも通り遊んでいたんだけど。

　ナオとの友情は、ずっと続くと思っていた。この宝物みたいな夏休みは、途切れることはないと信じていた。

　でも、ナオと出会ってから数年後、俺が小学校高学年になったとき、事件は起きたんだ。


　きっかけは、そのときデビューしたばかりの女性アイドルグループだった。学校でも男女問わず人気で、〇〇派などと推しのメンバーによって派閥《はばつ》ができるほどだった。

　俺も例に漏れず、好きなメンバーがいた。一番人気の、黒髪ロングの子だった。

　公園で遊んでいるときに鼻歌を歌っていたら、ナオに、

『コウまさか、そのアイドルグループ、好きなの？』

　と嫌な顔をされた。

『だって今、はやってるし』

『僕はああいうちゃらちゃらしたの、苦手』

　俺はちょっとムッとしたけれど、クラスにもそういうやつはいるし……と思って

反論はしなかった。

『まあ、ナオはそうかもな』

『だれが好きなの？』

苦手と言ったのに、なぜかこの話を続けるナオ。少し迷ったが、俺は正直に答えた。

『みいやんかな』

『それって、黒髪ロングでおしとやかな子だよね……』

ナオは、うつむいて一瞬黙った。ナオ、と声をかけようとしたら、今度はバカにしたような表情で俺をにらんだ。

『コウって、ふだんは〝女子なんてうっとうしい〟って言ってるのに、結局は女の子らしい子が好きなんじゃん。ダサい』

『なんだと！』

ダサいなんて、小学生の俺は一番言われたくない言葉だった。頭に血が上って、思わずナオの胸ぐらをつかんだんだ。ナオは絶対にやり返すし、ケンカになったら勝てないかもと思った。でも……。

『や、やめてよ……』

ナオは目を見開き、怯えた様子で俺を見ていたんだ。

びっくりして手を放すと、ナオは俺から逃げるように走って公園を出ていった。俺はずっとその姿を見ていたけれど、ナオは一度も振り返らなかった。

次の日には実家に帰る予定だったので、その年の夏休みはもう、ナオとは会わなかった。なんだか胸がもやもやしたまま帰ったけれど、どうしようもなかった。電話や手紙で謝ろうとは思わなかった。謝罪するのはナオのほうだと思ったから。でも、しばらくしたら冷静になって、『次に会うときには俺から謝ってもいいかも』と思うようになった。ナオとケンカしたままなのは嫌だったし、なによりナオと遊ばない夏休みなんて、シロップのかかっていないかき氷と同じだったから。つまり、味気ないってこと。

次の年の夏休み、俺は仲直りする気まんまんでナオの家を訪ねた。しかし、チャイムを押しても返事がない。よく見たら、駐車場に車も停まっていないし、外に出ていたはずのナオの自転車もなかった。そしてなんだか、家がしんとしている気がした。

俺は嫌な予感がして、祖母の家に走った。息を切らせながら祖母にナオの説明をすると、『あそこの家は去年引っ越したよ』という事実を聞かされた。

頭をがん、と殴られたくらいの衝撃だった。新しい引っ越し先は違う県で、詳しくは知らないと祖母が申し訳なさそうに説明する。ケンカしたまま別れてしまったという罪悪感、もうナオと遊べないという喪失感が襲ってきて、俺は声を出してわんわん泣いた。心配した祖母が背中をさすってくれたけれど、涙は止まらなかった。

その夏休みは、ずっと祖母の家に引きこもったまま過ごした。帰宅する日に迎えに来た両親は、あまりにも暗い顔をしている俺を見て驚いていたっけ。理由をたずねられたけれど、説明する気にはなれず、車の中でも一言も口をきかないまま実家に着いた。

そして俺とナオとの思い出は、今でもあの夏で止まっている。海に置き去りにしてしまった麦わら帽子みたいに、ずっとずっと、大きなしこりになって。

それから十年近くたって、現在の俺は大学生。実家を出て東京でひとり暮らしし、サークルとアルバイトと課題以外はなにもない、退屈で長い夏休みを送っている。田舎の祖母も先日亡くなった。あんなに、変わらない夏休みがいつまでも続くよう願っていたのに、あのころとは変わってしまったものばかりだ。

お盆までに祖母の遺品整理をしたいから手伝ってくれ、という電話が母からかかってきたのは、八月に入ってすぐだった。面倒くさい気持ちよりも、祖母の遺品をなにか持っていたい、という気持ちが勝った。中学生になってからは部活が忙しく、祖母の家に泊まることはなくなったが、お盆とお正月には必ず顔を見せにいっていた。これでも一応、おばあちゃん子だったのだ。

『了解。明日家に帰る』という返事をして電話を切る。家庭教師のアルバイトはちょうどしばらく休みだったし、サークルは目的もなく集まっているだけなので、俺がいなくても問題ない。何日かは実家に滞在することになるだろうな……と予想しつつ荷物をまとめた。もともと、お盆には帰省するつもりだったから、それが早まっただけだ。

実家から車に乗り、両親と共に祖母宅へ向かう。ほかの親族も何人か来ていた。

祖母の家に入るのはお葬式以来だが、こんな短期間でも家の雰囲気は変わってしまうんだなとびっくりした。畳も柱も、こんなに傷みが激しかったっけ。床のギシギシいう音もそっけなく響き、祖母がいたころのあったかい空気はなかった。

「住む人がいないと、家ってすぐ傷むからね。この家を取り壊すかどうかも、早く決めなきゃいけないね……」

俺と同じことを思ったのか、母がそんなことをつぶやいた。

「そっか……。取り壊すかもしれないのか」

たくさんの思い出があるこの家がなくなるのは寂しい。でも、残すことになったらだれかが管理しなければいけないし、遠方から掃除に来るのも大変だろう。なにもしない俺が無責任に反対もできないし、そうなっても仕方ないと納得するしかない。

本当に、ずっと同じままでいられるものなんて、なにもないんだな。

今年は遺品整理で来たけれど、祖母が亡くなって今後、この田舎町に来る用事もなくなる。そうなったらナオのことも、だんだん忘れてしまうのだろうか。

「コウ、あんた、庭になんか埋めた？」

納戸掃除を任された俺のところに、怪訝《けげん》な顔の母が来たのは、作業を開始してしばらくたったころだった。

「庭の鉢植えをどかしたら、なにかが埋まってるのが見えてきて。たぶん、お菓子の缶みたいなやつ」

「あ、あ～！　そういえば……！」

お菓子の缶、でピンときた。タイムカプセルの登場する児童書を読んで、『俺たちもやってみよう！』とナオと埋めたことがあったんだった。あれはナオに会った最後の年、ケンカをする前日だった。大人になったら掘り返そう、と約束して……。お菓子の缶は、祖母にクッキーの入っていたものをもらった。

庭に出ると、たしかにクッキー缶の角が地面からひょっこり見えている。

「じゃあ、掘り返しちゃってもらえる？」と母に軍手とスコップを渡されたので、タイムカプセルの救出作業に移った。

埋めたことは思い出したけど、なにを入れたんだっけ。未来の自分への手紙とか、そういうありきたりなやつだったかも。

記憶があいまいなまま、ざくざくと缶の周りの土を掘っていき、ひしゃげてさびついた缶を地面から抜く。すぽっと抜けたときにはなかなかの達成感があった。

「どれどれ……」

土で汚れた軍手を外して、その場でタイムカプセルの蓋を開ける。便せん一枚が入っているだけだと予想していたから、突然カラフルな色彩が飛び込んできて、目がくらんだ。

当時ハマっていた、ガチャガチャを回して当てた、ラメ入りのスーパーボール。動物の形の消しゴム。レアもののトレーディングカード。セミの抜け殻。

それはタイムカプセルというより、自分たちの大好きなものを集めた宝箱のように思えた。キラキラしたあのころの夏が、ここには詰まっていた。

宝物に触れると、当時の思い出がよみがえってくる。どっちが大きいスーパーボールを出せるかで勝負したこと。ナオが、クラスの女子にもらったという香りつき消しゴムを見せてきて、自分の持っている動物消しゴムで対抗したこと。トレーディングカードでのバトルは一日中していても飽きなかったし、セミの抜け殻集めだってそうだ。あのころは、夢中になる遊びが一日単位で変わっていた。楽しくて、楽しくて。朝から遊んでいてもすぐに夕方になった。夏休みの日記帳には、どの出来事を書こうか毎日悩んだ。

思えば、あんなに気の合った友達は、俺の人生においてナオだけだった。大学生になっても、ナオほど親密になったやつはいない。というか、俺は東京の大学になじめずにいた。なんとなくで選んだ学部と大学だからなのか、講義を受けてもおもしろくない。厳しくなくて、ノリが軽そうなサークルに入ったけれど、どこかで〝自分の居場所ではない〟と線を引いてしまう。そんな中途半端な自分に嫌気が差していた。無敵だった小学生のころに戻りたかった。あのころはなんでも一番うまくできたのに、今は他人に誇れるものなんてなにもない。どうしてこんなに落ちぶれてしまったのだろう。

宝物を手でかき分けていくと、下からアニメキャラの絵が入った封筒が二通出てきた。俺の字でナオの宛名が記されたもの、ナオから俺宛のものだ。

「未来の自分じゃなくて、相手に向けての手紙だったのか……」

自分がナオになんて書いたのか、まったく覚えていなかった。ナオはケンカする前に、なにを書いたのだろう……。たしかめたかったけれど、どちらの封筒も開けるわけにはいかなかった。

ナオは今、どうしているのだろう。大学生なのか、社会人なのか。クールだけどしっかりしたやつだったから、俺とは違って、目標を持って生きているに違いない。

ナオに、ちゃんと謝りたい。そして今あいつが、どんな大人になっているのか知りたい。どうにかして、連絡を取る方法はないだろうか。

「ごめん、ちょっと出かけてくる」

納戸掃除も一段落し、親戚たちもお茶休憩に入ったころ、俺はそう断って外に出た。

久しぶりにナオが住んでいた家を見にいったが、もう違う家族が住んでいた。この人たちだったらナオの家族の住所を知っているかもしれないと一瞬考えたが、しばらく空き家になったあとで入居しているから可能性は低いだろう。

そのままぶらぶら、昔の記憶をたどるように散歩する。遊具で遊んだ公園や、電車に手を振った踏切《ふみきり》を通り過ぎると、さびれた小さな神社の前に出た。

「ここ、よく虫取りをしたところだ……」

大きなケヤキの木があるということで、幹に砂糖水を塗り、早朝にカブトムシやクワガタを捕りにいったのだ。捕った虫は家に持ち帰って飼ったけれど、毎年冬を越せずに死んでしまった。そもそもカブトムシの寿命が短いということを知らなかったから、俺は死なせてしまうたびに悲しんでいた。

「懐かしいな……」

短い石段の先にある、手入れのされていない高い木に囲まれた神社。そのおかげで、夏の昼間でも日陰が多くて涼しかった。

懐かしさと涼を求めて、額の汗をぬぐいながら石段を上る。境内の景色は、タイムスリップしたのかと思うくらいあのころと一緒だった。大人になったからか、昔よりも少し狭く感じたけれど。

もともと古びていたからか、本殿や賽銭箱の傷み具合も同じに感じる。生えている雑草の密集具合さえも。

――変わってしまったものばかりだと思っていたけれど、変わらないものもあるんだな。

しかし、しばらく境内を散策していると、記憶にないものを見つけた。

「あれ？　昔はこんなところに抜け道なんてなかったよな？」

裏手にある草むらの一部分がぽっかり拓けて、そこから砂利道が延びている。目線を道の先に移すと、ありえない光景が見えて目を疑った。

「……ん!?」

目を細めてみても、こすってみても視界は変わらない。道の先にぼんやり見えるのは、明らかに商店街だった。

おかしい。こんなところに商店街なんてなかったはずだ。それとも、俺が忘れているだけなのか？

ふらふらと、誘われるように商店街に足を踏み入れる。散歩している間に夕方になっていたようで、道に長い影が伸びていた。

それにしても、妙な商店街だ。田舎町の風景はだいたい古くさいものだが、そういうレベルじゃない。昭和の映画にでも出てきそうな、建物のレトロさだ。赤と白の提灯がずらりとかかっているのもまた、昔っぽい雰囲気に拍車《はくしゃ》をかけている。

だが残念なことに、店はどれも閉まっているようだ。当然といえば当然だ。これだけ古い町並みなのだから、シャッター商店街のまま長年放置されてきたのだろう。もうやっていない商店街だから、行ったことがないし知らなかったのかもしれない。

人気のまったくない道を進むと、白壁の建物が見えた。小さな病院みたいだと思ったが、どうやら郵便局のようだ。

まあでも、ここも閉まっているんだろうな……と通り過ぎようとすると、長細い窓から中で人影が動くのが見えた。

「えっ、人がいる？」

見間違いかと思って扉に近寄ると、なにやら中から物音が聞こえる。廃墟みたいな郵便局に人がいることに興味がわいて、特に用事もないのに扉を開けてしまった。

内装はほぼ木材で、現代の公共施設とは思えないほどだ。しかし、しっかり掃除はされているようで、床もカウンターもぴかぴかしている。壁面にある棚の上にはレターセット類が並び、中央には蓋つきの書き物机が備え付けてあった。

「なんだこれ。ガラスでできたペン……？」

机の上のペンとインク瓶をさわっていると、ふと頭上に影が落ちる。

「ん……？　うわっ！」

顔を上げると斜め前に長身の男がいたため、俺は驚いて後ずさりした。

「な、な、なんだよ！　急に驚かすな……よ……」

銀色の髪を腰まで伸ばしたその男は、思わず言葉に詰まってしまうくらい美しかった。

「気づかない様子だったから近くに寄っただけだ。驚かせようと思ったわけではない」

男は無表情を崩さないまま、紫色の瞳でこちらを見てくる。

なんだこの、田舎町に似つかわしくない美形は。本当に人間か？　ゲームや漫画に出てくるエルフだと言われたほうがまだしっくりくる。

「あ、あんた、郵便局員かよ？」

くすんだ緑色の郵便配達員の制服を着ていたが、あまり似合っていない。

「そうだ。たそがれ夕便局の局員の、水月という。客ならこれを読め」

接客業にあるまじきぶっきらぼうさで、水月と名乗った男は俺に紙を渡してくる。

さっき乱暴な言葉遣いをしてしまって焦ったけれど、この男相手にわざわざ今から敬語を使おうとはならない。

「なんだよこれ……」

「案内をまとめたものだ」

流麗《りゅうれい》な筆文字のそれには、奇妙な案内と、注意書きが記されていた。

「なんだよこれ。過去・現在・未来のどこにでも手紙が送れるって……。冗談キツいよ」

過去に手紙が送れるなら、ナオとケンカする前の俺に送って、ナオがその年引っ越してしまうと伝えるのはどうだろう。……いや、それはダメだ。過去の出来事は変えられないと書いてある。

絶対インチキに決まっているのに、そう妄想してしまう自分を止められなかった。

「冗談ではない。それだけではなく、手紙はどこにでも送ることができる。相手の所在がわからなくても」

「……マジかよ」

俺はつぶやきながら、水月を見上げてにらむ。嘘をついている顔には見えなかった。

それなら、ナオの住所がわからなくても手紙が出せる。あの日のことが謝れる。

「これって、出したらいつごろ届くんだ？　住所がわからないなら、時間がかかるだろ？」

「すぐにでも届けられる」

「そんなの、無理に決まってる」

張り合うように、俺を見つめてくる水月と目を合わせる。

「無理だと思うなら、試してみればいい。ここに来たということは、だれかに伝えたい言葉があるのだろう？」

水月のセリフに、どきりとする。

「なんでそんなこと、わかるんだよ」

「この夕闇通り商店街は、そういう場所だからだ」

ケンカ腰で言い返したけれど、水月の答えは要領を得ない。俺はわざと、はーっと大きなため息をついた。

「……わかったよ」

そうだ、試してみればいい。どうせ嘘だろうけれど、手紙を出すなんてたいした金額じゃないから損はしない。

俺は必死で、〝手紙を書く理由〟を考えていた。だれかにとがめられるわけでもないのに、どうしてだろう。

「だれに書くんだ？」

「引っ越してしまった幼なじみだ」

「それなら、文字制限はないから好きな便せんを選ぶといい。書くときはこの机を使え」

芋版の押されたシンプルな便せんを手に取って、書き物机に向かう。鏡文字で書く、というおかしな決まりがあるためか、手元が映る位置に鏡がついていた。

あんなに伝えたい言葉があったはずなのに、いざ手紙を書くとなると手が動かない。なにを書けばいいのかわからなかった。

もどかしくて、乱暴に頭をかく。格好つけようとするからいけないんだ。ただ、今の気持ちを素直に書けばいい。

「……よし」

俺はどう使うかわからないガラスのペンをインクにつけて、おそるおそる便せんの上にのせた。

ナオへ

あのときはごめん。ナオとケンカしたあと会えなくなって、ずっと後悔していた。

よかったらまた、俺と友達になってほしい。またナオと一緒に遊びたい。

タイムカプセルの中に入っていた手紙を渡したいから、この手紙を読んだら俺の祖母の家に来てほしい。

鏡文字が難しくて短い文章でまとめることになったけれど、要件は伝わったと思う。封筒の裏には祖母の家の住所と自分の名前を書いた。これを本当にナオが読んでくれて、仲直りをする意思がナオにもあれば、また会えるかもしれない。

水月を目線で探すと、壁側に立っていた。一応は、俺のジャマをしないように気を遣ったのか。

「書けたけど」

手紙を差し出すと、水月は白い手袋をはめた手で受け取った。それが丁寧に手紙を扱うような仕草だったので、ハッとする。

「たしかに承った」

「じゃあ、頼んだから。……あっ、切手は？」

「八十四円いただく」

尻ポケットに入れていた財布から、小銭をぴったり取り出す。

「じゃあこれ。あと、その……」

水月に小銭を渡したあと、口ごもる。さっき手紙を丁寧に扱われて、自分が失礼な態度をとっていたことが気になったのだ。自分の一番やわらかい部分をさらけだした手紙を預けるということは、自分の心の一部を預けるのと一緒なわけだから、もっときちんとお願いするべきなのかもしれない。

「なんだ？」

しかし、自分よりも身長が高くイケメンな水月が傲岸不遜《ごうがんふそん》な態度だとイラッとしてしまうのは当然で。

「な、なんでもないっ。客商売なんだから敬語くらい使えよな！　じゃ！」

俺は結局、頭も下げないまま夕便局を出てきてしまった。

「あ〜、くそ。昔からこういうところ、素直じゃないんだよな、俺……」

ガキ大将だったためか、自分から謝ったり折れたりするのが苦手だ。だからナオとケンカしたときも、その日のうちに仲直りできず、ここまで引きずったのだ。

「本当は変えたいんだよな、こんな自分……」

中途半端でふらふらしているくせに、プライドばっかり高い自分が嫌いだ。もっと、ナオにも『いい男になったじゃん』と褒められるような男でいたいのに。

神社まで戻り、ポケットから携帯電話を出す。母から着信履歴があったのでかけ直すと、『どこまで出かけてるの！　もう帰るよ！』と怒られた。遺品整理は終わらなかったけれど、みんな今日はいったん解散し、後日出直すらしい。

「今すぐ戻るから！」

　早足で神社の石段を駆け下り、夕方から夜になり始めている町を引き返す。田舎は街灯も少ないから、暗くなると少し心許ない。子どものころは、夜になると庭に出るのも怖かったっけ。

「あっコウ！　遅いよ！　もう伯母さんたちみんな帰っちゃったじゃない」

「ご、ごめん」

　祖母宅に戻ると、父と母はすでに庭で車のライトをつけて待っていた。

「もう暗いし早く帰るよ。荷物取ってきて」

　母は待ちくたびれた様子でイライラしている。が俺は、このまま実家に帰る気はなかった。俺が動かずにいると、父も怪訝そうに運転席から出てきた。

「どうしたんだ？」

「あのさ――俺家に帰らないで、おばあちゃんちに泊まっちゃダメかな？」

　俺を見つめるふたりにそう告げると、案の定ぽかんとしている。

「え？　今日？」

「いや、今日だけっていうか、できれば八月中ずっといたいんだけど……」

「なんで。なにかあったの？」

母親は、眉を寄せて問いただしてくる。

「じ、実は……」

適当な言い訳でごまかそうとも思ったが、それでは誠意が伝わらないだろう。俺は腹をくくって正直に話すことにした。

「俺が子どものころ仲良かったナオっているじゃん。ナオがさ、もしかしたらおばあちゃんちを訪ねてくれるかもしれないから、待っていたいんだよね……」

自分の今の住所も記したのに、俺は手紙に『この手紙を読んだら俺の祖母の家に来てほしい』と書いた。仮に手紙がナオに届き、運良く返事をくれたとして、そこでやりとりが止まってしまう可能性がある。俺はどうしてもナオに直接会って仲直りをしたかったから、手紙に希望を託しておいたのだ。

「ナオくんって、小学生のときによく遊んでいた子よね。その子がここに来るなら、いつになるか聞いておけばいいじゃないの」

「それは事情があって……。連絡がとれないんだ」

「ええ?」

母の顔と声が険しくなる。それはそうだ、俺だって無理なお願いをしていることはわかっている。

「あいてる時間は掃除するし、遺品の整理もやっておくから。大学の課題もなんか、ここのほうが集中できそうっていうか。静かだし……」

しどろもどろに言い訳を増やして、不穏な雰囲気になっていく。もうダメかも、とあきらめかけたときに、思わぬ方向から応援が入った。

「そういうことならいいんじゃないか？　コウに任せても」

俺と母の間に、のんびりした口調で入ってきたのは父だった。いつも、こういうときは黙って様子を見ているおっとりした人なのに。

「県外に住んでいるお義姉さんたちも、また片付けに来るのは大変って言ってたじゃないか」

「それはそうだけど……」

「それに、最後にコウに住んでもらったほうが、おばあちゃんもこの家も喜ぶさ。生活の面の心配なら、コウはもともとひとり暮らししているんだから、大丈夫なんじゃないか？」

「まあ、そうね……」

母がうなずいたところで、父は「じゃあコウのことは置いていくってことで」と話を切り上げ、運転席に戻ってしまう。母はため息をつきながらも、俺に近づき家の鍵を手渡してくる。

「一応何回かは様子を見に来るから。だらけないでしっかり生活するのよ」

「うん、わかってる」

その後、口頭で布団や備蓄食料の場所を教えてくれた。車はないけれど祖母の使っていた自転車があるから、スーパーに行くくらいなら困らないだろう。

「じゃあ、ちゃんと戸締まりするのよ」

「あ……、ちょっと待って」

俺は運転席側のドアに近づき、父に窓を開けるようジェスチャーする。

「あのさ、父さん、ありがとう。さっき、説得してくれて」

そして、窓から顔を出した父にこっそり耳打ちした。父は「いいや」と首を振り、まるでいたずらを共有するみたいに笑った。

「唐突に、だれも自分を知らない違う場所で生活してみたくなることってあるよな。特に大学生ごろには。父さんはそういうときには、よくキャンプに行っていたけど」

「そうだったんだ。知らなかった」

驚いたけれど、父の趣味が釣りなのはそのなごりなのかなと感じた。

「貴重な時間だから、有効に使えよ」

「うん」

軽く手を振って、車のテールランプを見送る。父が味方をしてくれたこともだけれど、意外なところで父の人となりを知れたことがうれしかった。家族でも、いや、親だからこそ知らない、その人の真の部分があるのかもしれない。これからは、面倒くさがらずになんでも親と話してみようと思った。

それから俺は、堕落した大学生活が嘘のように規則正しい生活を始めた。

朝は六時に起きて散歩とラジオ体操、洗濯物がある場合は洗って干して、家庭菜園の水やり。パンですませずに、朝からきちんと米を炊く。（なぜなら米が余っているからだ）朝は納豆ごはん、昼はチャーハンなどの簡単なものだけど、夜には食べられそうな野菜を収穫しておかずと味噌汁を作る。午前中のうちに草むしりと家の中の掃除、遺品整理を進め、午後は課題と読書。（祖母の蔵書にはおもしろい本がたくさんそろっていた）夕方にまた散歩。気づいたら、スマホもあまり見ない生活になっていた。

散歩をしたり、スーパーに買い物に行ったりすると、俺の小さいころを覚えている近所の人に声をかけられることも。意外と田舎には、早朝や夕方に散歩をする年配者がいて、ひとりだったり、夫婦だったり、犬を連れていたりさまざまだ。

そういう人たちと井戸端会議をすると、その人たちの暮らしも見えてくる。子どもがいても離れて住んでいる場合が多く、ご近所同士の交流が支えになっていること。公民館では毎週、だれでも参加できる催し物や教室が開かれていること。若者の就職先が限られているのでUターン就職が難しいこと。うちの祖母のところのように、住んでいた高齢者が亡くなって、そのまま空き家になっている土地があること。

話を聞いているうちに、田舎の暮らしに興味を持ち始めた。今までなにも気にせず遊びに来ていたけれど、抱えている問題点は多いんだなって。たとえば、俺が市役所や県庁に就職すれば、地元の生活に関わる仕事ができるんだろうか。つぶしがききそうだからという理由で社会学部を選んだけれど、同級生には公務員を目指しているやつもいる。家庭菜園の世話も思いのほか楽しいから、農業方面で就職を考えるのもいいかもしれない。そのために今できる勉強は――。

一週間後には、俺は図書館で地元の資料や農業関係の本を借りて読みあさるようになった。これには、様子を見に来た母も驚いたようだ。『あんたが自主的に勉強するなんて……。なんだか顔つきもちょっと変わったんじゃない?』と言われ、それは日焼けしただけなのでは？　と流していたのだが、改めて鏡を見ると目つきが違うような気がする。前より生気が宿っているというか、どこにも居場所がない中途半端な人間、といった雰囲気ではなくなった。

「ばあちゃんと、ナオに感謝しなきゃな。あとあの、水月ってやつにも」

きっかけがなかったら、俺は変わらなかったと思う。そして一番大きいのは、ナオに再会したときに『つまらない男になったな』とがっかりされたくなかったから。ナオは絶対にいい男になっているだろうから、負けたくなかった。

そんな日々を過ごしていたところ、お盆前に来客があった。俺と同じくらいの歳の女の子だ。髪はロングだけど、キャミソールとショートパンツに半袖パーカーをはおっていて、活発な雰囲気だ。

「ええと……、どちらさまですか？　祖母は先日亡くなって……」

てっきり祖母の知り合いだと勘違いした俺は、玄関先で頭を下げる。

「違う。あたしは……ナオの妹。あんた、手紙送ったでしょ。ナオが来られないから、代わりにあたしが来たの」

「えっ……！」

そう告げられ、言葉を失ったまま女の子を凝視する。たしかに、どことなくナオの面影があった。

ただ、まず感じたのは『本当に水月が手紙を届けてくれたんだ』という驚きだった。住所もわからない人間に、どうやって。

「銀髪イケメンの郵便屋さんが届けてくれたの。あんたが頼んだんでしょ？」

ぼうっとしていると、ナオの妹がいぶかしげに俺の顔を見た。その郵便屋さんとは、水月に間違いなかった。

「あ、うん。俺がその人に頼んで、手紙を出したんだ」

深く考えるのはあとにしようと決め、とりあえず茶の間に上がってもらい、やかんで沸かした麦茶を出す。だれもいない家のだだっ広い和室に女の子とふたり、という状況に緊張して、少し手が震えた。

「ナオに妹がいるなんて知らなかった。えっと、妹さんの名前は？」

「ナッ……ナナオ……」

「へっ、へえ～。兄妹で似た名前なんだね」

はたして俺は、なにも意識していないように振る舞えているだろうか。ナナオは座布団の上に正座しているが、太ももがまぶしすぎる。

「あの……、ナオは手紙を読んでくれたんだよね？　どうして来られないの？」

「あー……えっと、なんかバイトの休みがないとかで……」

「そっか。俺に会いたくないとかじゃないんだ」

「それはない！　……と思う、たぶん」

ナナオはちゃぶ台に身を乗り出して否定したあと、顔を赤くして小さくなった。

なんだか、様子がおかしい。

「バイトってことは、ナオって今大学生なの？」

「あっうん、東京の大学に行ってて……」

「へー！　俺と同じだ」

「えっうそ！　なに大学？　なに学部？」

俺とナナオの大学は、意外と近かった。思った通り偏差値高めの大学で、さすがナオという感じだ。ひとしきり大学の話で盛り上がったが、俺はナナオがナオのことをまるで自分のことのように話すのが気になった。

「なんか、ナオの大学生活について、やけに詳しいんだね。もしかして同じ大学に通ってるとか？」

「あ、そ、そう！　同じ大学だし、一緒に住んでて！」

「ふぅん……」

兄妹で同じ大学というのはありえるとしても、同じ部屋に住むというのは珍しくないだろうか？　すごく仲がいいとも考えられるけれど、それならなおさら、俺がナナオの存在を知らなかったのはおかしい。

俺はナナオを罠にはめるため、一芝居打つことにした。

「あのさ、タイムカプセルから出てきた手紙をナオに渡そうと思ってたんだけど、ほかに入ってたものも見てみる？」

「えっほんと？　見たい見たい！」

ナナオは無邪気にはしゃいでいる。俺は寝室にしている和室から、よく磨いておいたクッキーの缶を持ってきた。

ちゃぶ台の上にのせて蓋を開けると、ナナオは「うわあ、すごい。キレイに残ってるね」と目を輝かせた。

「このセミの抜け殻とか、そのままの形ですごいよな」

「うんうん」

女子だったら顔をしかめる場面かもしれないが、ナナオは平気でさわろうとしていた。

「あとこれさ、駄菓子屋のガチャガチャでよく回したよな」

俺が、スーパーボールのコレクションを指さす。

「そうだね」

「大きいのが出ないとナオが悔しがって、俺に交換してくれってよくごねてたよな」

「それはコウのほうでしょ！　……あ」

ビンゴ、だ。こんなに早くボロを出すとは思っていなかったけれど、俺の予想は当たっていた。

「お前、ナナオじゃなくて、ナオ本人だろ」

ナナオ――ナオはうつむき、膝の上で手のひらをぎゅっと握りしめていた。

「女……だったんだな。なんで隠してたんだよ」

子どものときも、今も。男だと偽って遊んでいた理由も、ナオの妹のふりをした理由もわからない。

ナオは言いづらそうに、口をもごもごさせてからつぶやいた。

「コウが最初っから勘違いしてたし、女ってバレたら遊んでくれないと思ったから」

「そんなこと……」

ない、と反射的に否定しようとして、はたと我に返る。あのころ俺は、女子と男子が仲がいいのは恥ずかしいと思っていた。クラスがそういう雰囲気だったから。

だから、『女子なんて興味ないし』ってスタイルをとっていた。

ナオには嘘なんてつけないよな。俺は過去の気持ちも今の気持ちも正直に伝えようと決めた。

「子どものころだったら、女だって意識してたと思う。でも今は関係ないよ。男でも女でも、ナオはナオだ。俺は今のナオに会えてうれしいよ」

「コウ……」

ナオの瞳が、心なしか潤んでいる。短かった髪は長くなり、昔と見た目は変わったけれど、中身は変わっていないと、話していて確信できた。そういえば昔から、短パンが好きなやつだったっけ。服の好みも変わっていないんだな、とうれしくなる。

「あと、あのときはごめん。むかついたからってナオにつかみかかって……」

ずっと引っかかっていたことも、やっと謝れた。

「いや、あれはあたしがあおったから……。あたしこそごめん」

ナオもかぶりを振ったあと、頭を下げる。

「今のあたしが相手でも、仲直りしてくれるんだね」

「もちろん。また友達になってほしい」

俺が告げると、やっとナオが昔と同じ顔で笑ってくれた。

「ねえ、ちょっとその手紙、両方見せて」

タイムカプセルの中身を見ながら昔話に花を咲かせていると、ナオが手のひらを上に向けてひらひらさせる。俺は「ああ、いいよ」と素直に手紙を渡したのだが、ナオはそれを二通とも自分のバッグにしまった。

「おい、ナオからのやつは返してくれよ。俺も読みたいんだから」

「……っダメ！」

俺が身を乗り出すと、ナオはバッグを自分の後ろに隠すようにした。

「なんでだよ。未来の俺宛の手紙だろ？」

「とにかく、今はダメ。心の準備ができたら渡すから」

「なんだそれ。ナオはその手紙に書いた内容、覚えてるのか？」

「ま、まあね……。あたし、記憶力いいから」

なにか秘密でも手紙で暴露したのだろうか。それが今になって恥ずかしくなったとか？　ありうる。というか、この反応はそれしかないだろう。

「なら、ひとつ聞いていいか？　ナオはどうして、引っ越すことを俺に言わなかったんだ？　けっこうショックだったんだぜ、翌年ばあちゃんに聞いて……」

たずねると、ナオは肩をすくめて眉をハの字にした。

「なかなか言えなかったの。最後までコウと楽しく遊びたかったから。どうしても、しんみりしちゃうと思って……」

「そうだな……。先に言われていたら別れを意識していただろうな」

「でしょ？　でも、最後の日こそ打ち明けようって覚悟を決めて会ったのに、ケンカしちゃったからそのまま逃げ帰っちゃって。ほんと、ごめん」

「そうだったのか」

隠されていたことには納得したが、まだわかっていない謎がひとつある。

「じゃあ、どうしてナオはあのときあんなに怒ったんだ？　記憶力がいいなら覚えているだろ？」

「そ、それは……」

たずねると、ナオは目を逸らしてそわそわし始めた。髪の先を、指でくるくる巻くようにいじっている。

「ヤキモチっていうか、あたしのことは女子として見てくれないのにアイドルにはデレデレするんだって思ったらむかついて……」

「あっそうか、そうだよな……。女って気づかなくて、女扱いしてなくてごめん」

「……そういうことじゃないんだけど、まあいいよ。許してるし」

許すと言いつつも、ナオはなぜかちょっと、すねたような顔をしていた。

その後、麦茶を飲み終わったナオが帰ると言うので、駅まで見送る。

「電車の本数少ないし、東京まで時間かかるから、あんまり長居できなくてごめん」

どうやら、もうここには親戚もいないのに、わざわざ俺に会うために何時間も電車を乗り継いで来てくれたようだ。

先を歩いていたナオが、くるりと振り返る。

「ね、夏休み終わってからも、東京で会おうよ」

俺が言おうとしていたセリフは、先にナオが告げてくれた。携帯電話の連絡先は、さっき交換したばかりだ。

「いいな。また一緒に遊べるの、楽しみだ。さすがに虫取りはできないけど」

「べつにやってもいいよ。今でもあたしが勝つと思うけど！」

傾き始めた夏の太陽に照らされて、にやっと笑うナオの顔と、子どものころのナオの顔が重なった。

＊＊＊

夕暮れ時、学生が連れ立って歩く学び舎近くの通り。水月が少女に声をかけたとき、彼女は周りより少しだけ大股で歩いていた。

「……だれ？　こんなイケメンの知り合い、いないんだけど」

不審感たっぷりの反応をされるのには慣れている。水月は意に介さず、芋坂の押された封筒を差し出した。

「手紙を届けに来た。この名前に見覚えはあるだろう？」

「えっ……。あんた、コウの知り合い？」

少女は手紙に書かれた宛名と水月の顔を交互に見る。

「あいつ、まだあたしのこと覚えていたんだ……」

伏し目になり、手紙を胸元でそっと抱きしめるようにしたあと、ぱっと顔を上げる。

「ねえ、コウは今どこにいるの？　なにしてるの？」

「私はなにも知らない。その手紙を読め」

「ええー……」

不満そうに口をとがらす少女を置いて、水月は踵を返す。

「……っヤバい！　タイムカプセルの手紙ってあたし、告白っ……！　どうしよう、取り返しにいかなきゃ！」

封筒を開ける音のあと、背後からそんな叫び声が聞こえたが――。そこから先の物語をまだ、だれも知らない。

四通目

たったひとりの女友達へ

テストの点や、一センチの身長で競い合っていたあのころは、『負けた～』と悔しそうにしながらも、それが決定的な差になるとは思っていなかったよね。

少女だった私たち。まっさらな友情に浸っていられたあのころが、今はただ懐かしい。


産婦人科《さんふじんか》での不妊治療を始めてから、もうすぐ二年。今日は四回目の人工授精の日だった。何回も通っているはずなのに、いまだにクリニックに着くと緊張する。

待合室で診察の順番が来るのを待っていると、先日医師から告げられた言葉が頭の中によみがえってきた。

『あなたは次が四回目の人工授精だね。これね、四、五回やってみてダメな人はできる確率が低いから、体外受精に進んだほうがいいのね。どうするか考えておいてね』

それは私にとって宣告だった。次で妊娠できなかったら、あとがないという宣告。

夫とは、不妊治療を始める前によく話し合った。体外受精は金銭面でも体力面でも負担が大きいから、人工授精までやってできなかったらあきらめようと。でも、いざ自分が瀬戸際《せとぎわ》に立ってみると、子どもがいる生活への未練が捨て切れなかった。

結婚十年目で、今年三十五歳。一般的には高齢出産と呼ばれる年齢だ。これからはだんだん、子どもを産むリスクも上がってくる。

『私たちは、夫婦ふたりでも楽しく生きていけるよね』

『大丈夫、もしダメでも、そのときはすぱっとあきらめるから』

そんなふうに笑顔で夫に話していた二年前の自分が、違う生き物みたいに思える。どうして、楽観的でいられたんだろう。結局、未来の自分がこんな事態に陥るなんて、現実的に考えていなかったんだ。もしものことを口にはするけれど、不妊治療を始めれば妊娠できるものだと、甘い気持ちでいた。

あのときもっと真剣に考えていたら、今こんなに苦しまなくてすんだのだろうか……。

帰りの電車に乗っていると、バッグの中で携帯電話が震える。

『綾子《あやこ》、久しぶり！　最近会えてないけど元気？　綾子が好きそうなカフェ見つけたから、今度ランチに行かない？』

友人の香織《かおり》からのメールだった。香織とは中学・高校が一緒で、友達歴は二十年以上になる。数少ない私の友人の中でも、最も付き合いが長い。その理由は、私たちがよく似ているということが大きいだろう。

身長・体重はほぼ同じ。好む服装や髪形も、きれいめフェミニン系で同じ。成績や運動神経も似たり寄ったりだから同じ高校に入ったし、どことなく顔立ちも似ているからモテ具合も一緒。その証拠に、初彼ができた時期もほぼ同じだったし。

似てないのは性格と、異性の好みくらいだ。私はきっぱりしていて毒舌だけど、香織はおっとりしている。

『黙っていれば、ふたりはよく似ているよね』とクラスメイトによく言われたし、教師には間違えられることもあった。これだけ似ていたら比べられて嫌になりそうだが、性格が違うからか、そんな気持ちにはならなかった。

好みのタイプが真逆だったのもよかった。好きな人がかぶっていたら、きっとケンカになっていただろうから。

大学が違っても、就職して忙しくなってからも私たちの友情は続いていた。年に数回は会って食事していたし、メールでの近況報告もひんぱんに。お互いの結婚式では、友人代表スピーチをし合った。

『私たちって親友だよね』

『ほんと、こんなに気が合う友達ってなかなかいないよね』

そんなことを言って、友情に浸っていた。でもそれは、二十代までだった。

三十歳のとき、結婚二年目の香織に子どもができた。結婚五年目の私は、子どもがなかなかできないことを悩んでいたけれど、それを隠して『おめでとう』と喜んだ。

『香織の子どもなら、私うんとかわいがっちゃうかも。ねえ、出産祝い、なに欲しい？　今から考えておいて』

そんなふうにお祝いしたのだ。最初は。

でも、幸せそうに『子どもの名前、どうしようかなあ』と語る香織を見て、私はなんだか落ち着かなくなった。焦燥感に似た、この感情はなんだろう。

それは気のせいだと思おうとしたけれど、妊娠中の香織に会うたび、知らない感情は大きくなっていった。

香織の笑顔を見るとイライラする。『つわりがつらくって』なんて報告は、聞きたくなかった。香織のお腹が大きくなっていくごとに嫌悪感が強くなる。私はそれを最初は、親友が遠くに行ってしまうようで寂しいのだと思っていた。子どもに香織を取られてしまうような気持ちになっているのだと。

それくらい私たちの友情は強いと思っていた。でも違った。

ある日私は、自分の中にあるみにくい感情の正体を知ったのだ。

それはなにげない一言だった。つわり中は遠慮して会わないようにしていたのだが、『やっと体調がよくなった』と連絡が来たので、久しぶりにランチしていたときのこと。

『いいなあ香織は』

パスタを食べながら、少しふくらんできたお腹を愛おしそうになでる香織を見て、私はつい漏らしてしまったのだった。香織に気を遣わせたくなくて、こういった話題は避けていたのに。

でも香織は、さして気にしたそぶりもなく、

『大丈夫だよ、綾子にもすぐできるよ』

と、あっけらかんと返してきた。

せき止めてきた、イライラや嫌悪感。私を縛っていた理性が、このときぷつんと切れた。

『そんなこと言って、どうせ勝ったと思ってるんでしょう。私のことを、憐れに思っ

ているんでしょ？』

そんな言葉が口からすらすら出た。どうして私、こんなことを言っているの？　そう驚きながらも、頭は冷静だった。体温がどんどん下がっていって、フォークを持っている手が震えた。

香織は、目を見開きながら怯えたようにこちらを見ていた。

『え……。私、そんなこと……』

顔色が悪くなっていく香織を見て、私はハッと我に返った。

『ごめん。ちょっと、イライラしていたみたい』

そう謝ると、香織はホッとした様子だった。

『ううん。私こそ、無神経なこと言っちゃってごめん』

首を横に振って、『もういいから、食べよ』と香織はぎこちなく笑った。『うん』と返し、味のしないパスタを食べてその日は解散した。

それから香織とは、ふたりでは会っていない。出産後に誘いは来たが、なんだかんだと理由をつけて断っていた。香織と顔を合わせるのは、忘年会などで共通の友人と複数人で会うときだけ。そのうちふたりで会おうという誘いは来なくなったので、今回の香織からのメールは、本当に久しぶりのことだったのだ。

電車の中で携帯電話の画面をじっと見ながら、あの日気づいた感情について考える。私は香織がねたましかったのだ。今までは、いつも私がちょっとだけ勝っていたから、嫉妬せずにすんだだけ。かけがえのない尊い友情なんて、嘘っぱちだった。合格した大学は私のほうが偏差値が高かったし、就職した会社の初任給もよかった。結婚したのも私のほうが三年も早かった。

プライドの高い私が香織の前でだけは素の自分でいられたのは、彼女に優越感を抱いていたから？　似ているのに、私の人生のほうがうまくいってる。そう無意識に感じて、安心していたからだったの？

こんな自分は知らない。自分の性格がけっしてよくないことはわかっていたが、ここまで嫌な人間じゃなかったはずだ。でもそれは、自分が知らなかっただけ？　本当はこんなに、矮小《わいしょう》でどうしようもない人間だったのだろうか。

――距離を置くことで封じ込めていた気持ちが、香織からのメールのせいでよみがえってくる。

本当はずっと、香織を親友だと思っていたかった。同じ足並みで人生を歩いていきたかった。それなのに、どうしてそれができないんだろう。こんな自分は、嫌いだ。変わりたいのに、それが無理ならせめて早く忘れたいのに、できない。メールを再び開いていないのに、ふとした瞬間に思い出してしまう。

きっと今だけだ。時間がたてば忘れる。そう考えてやり過ごそうとしたけど、楽になるきざしはない。

そして半月後。悪い出来事は続くもので、生理が来てしまった。

夫にダメだったことを報告し、リビングのソファでうなだれていると、夫が隣に座ってきた。

「……ごめんね、ダメで」

そう、かすれた声でつぶやくと、涙が出てきた。何度経験してもやっぱり、この日はつらい。

「綾子のせいじゃないよ、謝らないで」

夫はよりそい、肩を抱いてくれる。優しい人なのだ。私にはもったいないくらいの。

たくさん検査をしたけれど、不妊に明確な理由は見つからなかった。自分が原因じゃないとわかってはいても、どうしても夫に申し訳なさは感じてしまう。だけど夫からは一度も、不妊で責められたことはない。むしろいつも気遣ってくれていた。

私は涙をふいて、夫の顔を見る。

「うん、また……」

次がんばる、と言おうとしたら、その言葉を夫がさえぎった。

「今までよくがんばったよ、ありがとう」

夫はすっきりした顔をしていたけれど、私は冷や水を浴びせられた気分だった。

「今まで、って……？」

「次はもう、体外受精だと言われたんだろう？　だったら、以前話し合ったように、不妊治療はここまでだよね」

なんでこの人は、こんなに優しい表情で死刑宣告を言い渡せるんだろう。

私は初めて、夫のことを『自分とは違う生き物』だと感じた。今、私たちの間にこんなに温度差があることを、彼は気づいているのだろうか。

「ね、ねえ……。一回くらいはやってみない？　体外受精……。もしかしたら、一回でできるかもしれないし」

「もし一回でできなかったとして、本当にあきらめられる？　一回やったんだから次も、ってならない？」

「それは……」

ぐっと言葉に詰まる。私の考えなんて、夫にはお見通しだった。一回認めさせてしまえば、なし崩し的に次もやらざるを得ないだろう、と。

「こうならないために、冷静なうちに話し合って決めたんじゃないか」

そうだった。不妊治療のことを調べて、費用も計算して、どこまでがんばるかをしっかり決めてから、病院に通い始めたんだった。その二年前が、今はとても昔に感じる。

「あのときはそうだったけど……。でも、今は違うんだもの！　あきらめられないんだもの！」

目に涙をためて訴えたのだが、なぜだか夫も泣き出しそうな表情をしていた。

「僕は……、綾子が、友達と自分を比べてむきになっているんじゃないかと心配なんだ。君に無理はさせたくないんだよ」

「そんな、比べてなんて……」

否定したいのに、言葉が出てこない。夫はきっと、私が香織に嫉妬しているとわかっているんだ。

それだけ私を見てくれているってことだけど、今はありがたくないし、この空間にいたくない。寝室のクローゼットからバッグと上着を取ってくると、リビングを突っ切って玄関に向かった。

「どこへ行くの」

「ごめん……。ちょっと頭を冷やしてくるから、追いかけてこないで」

外に出ると午後の日射しがやわらかく、日曜日の昼間からケンカしていたんだなあと思い知らされる。

目的もなく電車に乗って、降りたことのない駅で下車する。

初めての駅でも駅前の景色はどこも似たようなもので、まるで以前から知っていたかのような錯覚を抱く。

小さな子ども連れの親子や、ベビーカーを押した若い女性。そんな人たちを見ると、『うらやましい』という感情がわき上がってしまうため、目を逸らす。

人気のないほうへと歩いていくと、閑散とした通りに出ていた。

道の先に見えるのは、小高い木々に囲まれた、短い石段の上にある神社。神社だったら落ち着いて頭を冷やせそうだと思い、石段を上っていく。

現れたのは、どこにでもありそうなさびれた神社だった。周りの木が伸びっぱなしだから、境内のどこにいても影が落ちていて薄暗い。

一応、賽銭箱に小銭を入れ、手を合わせてから石段に腰掛けさせてもらう。そのままぼうっと知らない街の景色を眺める。夫から着信が入っているだろうけれど、バッグの中の携帯電話を確認する気にはならなかった。

「……これから、どうしよう」

頭は冷えてきたが、そのせいで余計に帰りにくい。かといって、無断で外食や外泊をするのは気が引ける。

腰を上げたけれどやることがないので、広くはない境内の中を見て回る。すると、景色のおかしさに気づいた。

境内の裏手のほうに、木や茂みがぽっかりと拓けた一角があり、そこから一本道が延びているのだ。

「こんなところに道……？」

不思議に思って目をこらしてみると、道の先には昭和の商店街のような古びた町並みが見える。

駅前は近代的だったのに、少し歩くだけでこんなレトロな商店街があるなんて驚きだ。特に行く場所もないので、時間つぶしになればいいと思って道を進んでいく。

舗装されていない砂利道の両側に並ぶのは、看板もかかっていないようなつぶれた店ばかりだ。人がまったく歩いていないし、今ここに住んでいる人たちはいるのだろうか。赤と白の提灯が下がっていたり、読めない文字の看板や、中国風の建物があったりとアジアンな雰囲気なので、昔は外国人も住んでいたのかもしれない。駅前ばかり栄えて、こういった昔ながらのお店の並ぶ通りがシャッター商店街になってしまうのは寂しいな。

するとと、道の左側に、ほかの店とは違う大きめの建物が現れた。白っぽい石造りの二階建てで、公共施設のようにも見えるが――。

「こんなところに、郵便局？」

建物に描かれた赤いマークは、たしかに郵便局のものだ。だれも利用しなそうなのに、開いているのだろうか。

木の扉を開けると、中は想像よりもキレイだった。局員の姿は見当たらないが、掃除はされているようだし明かりもついているので営業しているのだろう。

展示されているレターセットやポストカードを見ていると、男の低い声が後ろからかかった。

「……客か？」

「あっはい。勝手に入ってすいませ――」

振り返ると、想像していた郵便局員とは違った姿がそこにはあった。

緑の郵便配達員の制服をまとった長身の男性。その髪は銀色で長く、ちらりと見える片方の目も紫色だった。それに加えて彫刻のように顔立ちが整っている。こんな場所にいなければ、モデルか俳優だと勘違いしただろう。

「どうした？」

「いえ、ちょっと驚いてしまって……」

「以前、客がこちらに気づくまで黙って見ていたら怒られたから、今日は声をかけてみたのだが……。それでも驚くのか」

彼は表情も声色もまったく変えないが、言葉をそのまま受け取るとするなら、自分が驚かれることを不思議がっているのだろうか。

——もしかして、この人は自分の美形さに気づいていない？

「それはたぶん、あなたが……」

「私が、なんだ？」

「いえ、なんでもないです……」

教えてあげようとしたけれど、『それはあなたが美形すぎるからみんなびっくりしているんですよ』と説明するのは恥ずかしかった。それになんだか、彼が驚かれるのは容姿のせいだけではない気がしたから。実はさっきから、生身の人間と向き合っている感覚がないのだ。まるで鏡に向かって話しかけているような違和感があるというか。ただの気のせいかもしれないけれど。

「私はたそがれ夕便局の局員、水月だ。客ならこれを読め」

いや、ただのひやかしで客ではないんです、と断る前に、水月さんは一枚の紙を私に押しつけてくる。そこには、流れるような筆致の筆字で、『たそがれ夕便局ご利用のご案内』とあった。

今さら郵便局の案内なんてされなくてもだいたい知ってるし……とあまり読む気はなかったのだが、水月さんがこちらをじっと見ているので一応目を落とす。

「ん……？」

軽く流し見するつもりだったのに、凝視して何度も文字を目で追う。そこに書いてあった文面がなかなか理解できなかったからだ。

だって――過去や未来に手紙が送れるだなんて、SFみたいなことが書いてある。

「なにこれ。冗談かドッキリですか？」

つい、口調がキツくなる。今の私には、冗談に付き合っているような心の余裕はないのだが。

「どっきり、というものはわからないが、冗談ではない。ここに来た全員にそれを見せている」

　水月さんは無表情でぶっきらぼうのままだけれど、たしかにこの人に冗談やドッキリはできないだろうなと感じる。だったら、これを本気で書いているということになるけれど、それはそれで怖い。

「……あの、なんでこんな変な決まりがあるの？　鏡文字とか文字制限とか」

「鏡の中を通って手紙を届けるからだ」

　彼の言葉の意味がわからない。言葉の通じない人を相手にして、だんだん頭が痛くなってくる。

「それを信じるとして、文字数を守らなかったり、鏡文字で書かなかった場合どうなるの？　手紙は相手に届くの？」

「場合によるが、少なくとも読める状態では届けられない」

　水月さんの言い分をそのまま信じるとしたら、鏡の中を通ると文字が反転するということだ。普通に書いたら鏡文字の手紙が相手に届くわけだから、たしかに読める状態ではない。

「じゃあ、このペナルティってなんなの？　守らなかったらどうなるわけ？」

「手紙に託した想いが永遠に鏡の世界をさまよう――つまり、自分の記憶の大事な部分を永久に失うということだ」

水月さんの紫色の瞳が不気味に光ったように見えて、背筋がぞくりとした。

「馬鹿馬鹿しい。……帰ります」

こんなSFみたいな話、信じられるわけがない。しかし夕便局を出ようとすると、無言で扉の前に立たれた。

「そこをどいて」

怒ったように命令しても、水月さんはぴくりとも動かない。どうしてこちらが怯まないといけないのか。

「手紙を出したい相手がいるんじゃないのか」

「そんな相手なんていないわ」

「本当か？　だれかに伝えたい言葉のない人間は、ここにはたどり着かない」

手紙なんてだれにも書きたくなかったのに、そう言われるとひとりの顔が思い浮かんだ。

私がなにかを伝えたい相手なんて香織だけだ。でも、なにを伝えれば――？

そうだ。今の私の感情を、そのまま全部香織に伝えればいい。私が香織のせいで苦しんでいることも、もう会いたくないことも全部。子どもがいる香織がねたましいって正直に。

そうしたらきっと香織は自分を責めるだろうし、少しは傷つくだろう。私だって、このままなにもしないよりはすっきりする。そうだ、そうしよう。

「わかった、手紙を書くわ」

くるりと踵を返して扉から遠ざかると、水月さんも後ろをついてきた。

「だれにだ？」

「友人……、いいえ、昔の友人よ」

「それなら文字制限はないから、そこから好きな便せんを選ぶといい。筆記用具は机に備え付けてある」

柄も罫線もないそっけないレターセットを選び、ビューローまで持っていく。筆記用具といっても、置いてあるのはガラスペンとインク瓶だけだった。

「自分の万年筆があるから、それを使ってもいい？」

「かまわない」

首をぐるっと回して水月さんにたずねると、書く道具に決まりはないのかあっさりとうなずかれた。

手元が映る位置に鏡が貼ってあるのは、鏡文字を書くためだろうか。バッグの内ポケットから、いつもそこに入れている万年筆を取り出す。そういえばこれは、就職したときに香織とおそろいで買ったものだった。『どうせならデキる女ぶりたいよね』なんて言って、老舗メーカーのモンブランのものを選んだ。新社会人にはなかなかお高めのお値段だったけれど、十年以上壊れずに使えているのだから、あのときの選択は正しかった。

さて、なんて書こうか。

万年筆のキャップを外し、鏡文字で『香織へ』と書いたところで、懐かしい記憶が指先からぶわっと上ってくるように、目の前によみがえってきた。

ああ、そうだ。この文字、何回も書いた。中学のときも、高校のときも。

家で香織に手紙を書いて、朝渡したり。朝もらった手紙の返事を授業中に書いたり。それはシャーペンでルーズリーフにだったり、キラキラのペンでメモ帳にだったりしたけれど、『香織へ』『綾子より』を何度も繰り返して、私たちは青春時代を過ごしたのだ。香織がいなかったら、私の学校生活はきっと灰色だった。

そうだった。あのころ私は、香織のことが大好きだった。世界中のだれよりも一番、大好きだったのだ――。

「なんで今、そんなこと思い出すのよ……」

私はつい、余計な一言を相手に言ってしまうクセがあった。それが友達の少ない理由でもあるんだけど、中学高校では仲間はずれにされることもなく、平和に学校生活を送れていた。その原因は、香織だ。

私が失言をしたあと、『○○ちゃん、ちょっと気分を害していたよ。あとでさりげなく謝っておきなよ』と手紙でこっそり教えてくれたり、もしくは『キツい言い方だと思ったかもしれないけれど、綾子は本当は○○って言いたかったんだと思うよ』と、相手に私の気持ちを補足して話したりしてくれていた。

大学からは急に、人付き合いが難しくなったなと感じていたけれど、それは間違いだった。難しいのが本当だったのだ。香織のおかげで、人並みの難易度に下げられていただけ。私は知らないうちにずっと、香織に守られて、助けられていたのだ。

「こんなことに気づいたら、自分の気持ちなんて書けないじゃない……！」

ぷるぷると、万年筆のペン先が震える。はーっと息を吐いて、頭を抱えるようにして机につっぷした。

私は本当に、香織に憎しみを伝えたいのだろうか。もし伝えたら、香織とはもう友達でいられないだろう。

くだらない嫉妬にとらわれて、一生の友達をなくしていいの――？

しばらく考えたけれど、私の決心は変わらなかった。

書こう、手紙を。自分の中のみにくい気持ちを、全部ぶつけよう。そうして私は一心不乱に、万年筆を走らせていく。

香織へ
あなたとなんて出会わなければよかった。あなたなんていなければよかった。そうすれば、こんな気持ちになることも、こんなに苦しむこともなかったのに。私はあなたが思っているような人間じゃない。あなたと自分を比べて嫉妬するような、嫌な人間なの。だから、あなただけに子どもがいるのが許せないの。私の心の平穏を崩さないで。私の前から消えていなくなって。あなたなんて大嫌い。

綾子

書き上がったときには、私ははぁはぁと肩で息をしていた。
乱雑な筆致の文字が並んだ便せんを、小さく折りたたんで封筒に入れ、ポーチに入れていたマスキングテープで留める。引き出しの中にはシーリングスタンプの道具があったが、この手紙にそんな手間をかける必要はない。

これでいい。やっと私は、解放されるんだ。

「書けたわ。これ、お願いしていいのね？」

「ああ、たしかに承った」

水月さんの手袋に包まれた指が、私の差し出した封筒に触れる。手紙が彼の手に渡った瞬間、肩の力がすうっと抜けた気がした。もしかしたら、水月さんの話は全部本当だったのかもしれない。

「ありがとう、なんだか久しぶりに、すっきりした気持ち」

お礼を言い、切手代を払ってから軽い足取りで夕便局を出る。

バッグから携帯電話を取り出すと、ずっと放置していたメールの返事を打ち始める。

私の選択は正しかったのだろうか。でもきっと今後も後悔はしない。私は大切なものを、間違いなくひとつは守れたのだろうから。

＊　＊　＊

「少し、いいだろうか。郵便屋なのだが」

ごく普通の住宅街。アパートから出てきたばかりの女性に水月が声をかけると、驚いたように目を見開かれた。

人間はいつも、水月に気づくと驚いた顔をする。それは自分が人間ではないからだろうと水月は思っていた。

「ええと、郵便屋さん？」

「ああ。香織というのは貴女のことだな？　ここに手紙がある」

郵便鞄から、いつものように白い封筒を取り出し、女性に渡そうとしたところで――手紙は粉々に、砕け散った。

ビリビリに破ったような紙片になったあと、砂が風に吹かれるように跡形もなくなる。

「えっ、な、なにこれ！」

女性はわかりやすく混乱していたが、水月の感情も同じだった。もっとも傍からは、そうは見えなかっただろうが。

「な、なんですか、これ。手品ですか？　それとも新手のナンパ？」

「なんぱ、というのはよくわからないが、手品ではない」

女性の問いに答えながら、なぜこんなことになったのか考える。すると、道路に手紙の欠片《かけら》が残っているのが見えた。

手でつまみ上げると、ちょうど便せんの、文字が書いてある部分だった。ただ、様子がおかしい。その文字は、鏡の中を通ってきたはずなのに、正常な文字になっていなかった。つまり、鏡文字だったのだ。

文字を確認したあと、紙片は水月の指につままれたまま形をなくし、粒子も風に溶けていった。

「そうか。最初から、鏡文字で書かなかったのか……」

たそがれ夕便局にあるふたつのルール。文字制限と、鏡文字。それを破ったときには、手紙に託した想いは永遠に鏡の世界をさまよう。それは自分の心の一部を永遠に失うことと同じだ。

心の一部がどれだけ大切なものなのか水月にはわからないが、心が命と同等のものだとすれば、心の一部もそうなのだろう。

この手紙を書いた主は、水月にペナルティの内容をたずねていた。ということは、あえてこの選択をしたのだ。

「自ら、自分の気持ちを捨てることを望んだのだな」

ひとりごとをつぶやいていると、放っておいた女性がおそるおそる声をかけてきた。

「あのう……。よくわからないんですけど、私急いでいるので、もういいですか？」

「ああ、すまなかった」

存在を忘れていた、というのは伏せておいた。女性に気を遣ったのではなく、もとから必要最低限の言葉しか発しないからだ。

「はあ……、別にいいですけど……。あっ、綾子からメール！」

「……ずいぶん、うれしそうだな」

目の前で不可解な出来事が起こったというのに、女性はにこにこと笑顔で小さな機械をいじっていた。

「あ、わかりますか？　実は今日、久しぶりに親友と会うんです！　ずっと避けられていると思っていたから、うれしくって！」

「大切な友人なのだな」

「はい、それはもう！　じゃ、私はこれで……」

女性は弾むような足取りで去っていく。その姿が曲がり角の向こうに消えたとき、水月も姿を消した。

夕便局に戻り、空の鞄を置くと、手紙を配達し終わったあととは違う気持ちがわいてくるのを感じた。それを表現する言葉を、まだ水月は持っていなかった。

「私には、なにが正解かはわからない。ただ少なくともあの香織という女性は、今とても幸せそうにしていた。だとすれば、それがきっと貴女の望みだったのだろう」

水月は、粉々になった手紙の感触を思い出すように、指をこすり合わせた。

五通目

ぼくが消えたあとのきみへ

ぼくは、気づくとふしぎな商店街にいた。パジャマ姿のまま、靴も履かずに靴下で。

このまま歩くと、靴下の裏が真っ黒になってお母さんに怒られちゃうよ。あーあ、と思いながら靴下の裏を見て、周りをきょろきょろしたけれどスリッパも落ちていない。

それにしても、ここはどこなんだろう。

田舎のおばあちゃんちの近くにある商店街より、もっと古い。お父さんの好きな白黒映画に出てくる感じ。でも古いだけじゃなくて、中国っぽい建物もまじってる。昔、パパとママと行った遊園地で、日本の昔の町並みを再現したものがあった。あれが、ちょっとへんてこになった感じ。

それにぼくは、なんでここにいるんだろう。さっきまで、病院のベッドの上で寝ていたはずなのに。もしかして寝ている間に病院を抜け出して、外に出てしまったのだろうか。むゆうびょう、ってやつ。

そう、ぼくは入院している。五年生になってから半年くらいたつけど、一回も学校に行けていない。

生まれつき心臓が悪かったから、小さいころからしょっちゅう病院に入院していた。手術はできないむずかしい病気らしい。手術はこわいから、やらなくていいのはよかったけど、その代わり検査や注射、点滴はいっぱいした。それでもぼくは、あんまり元気になっていない。

というかむしろ、悪くなっているような気がする。今まで入院はいっぱいしてきたのに、今回だけ変だ。いつもよりお医者さんがひんぱんに病室に来る気がするし、お母さんがたまに泣きそうな表情をしている気がするし、胸が苦しくなったときに、なかなかおさまらなくなってる。

それだって、死んじゃうほど苦しいってわけじゃないんだから、お父さんとお母さんにはあんまり大げさにしないでほしいんだ。

ぼくには最近生まれたばかりの弟がいるんだけど、弟のお世話で大変なはずなのに、お父さんもお母さんも毎日お見舞いに来る。

『ぼくはだいじょうぶだよ！　入院にはなれてるし！　もっと弟と一緒にいてあげてよ』

って言っているのに。ぼくだって、赤ちゃんが毎日泣いて大変なことや、ひんぱんにミルクを飲ませてあげなきゃいけないことや、オムツを替えなきゃいけないことを知ってる。入院中に生まれたから弟とは数えるくらいしか会ってないし、病室での短い対面だったけど、ちゃんと知ってるんだ。弟が生まれてから、お父さんとお母さんが一緒にお見舞いに来ることがなくなったから、交代で赤ちゃんを見ながらぼくのところに来ているんだ、きっと。

こんなの、もっと弟が大きくなったら、『お兄ちゃんかっこわるい』って思われちゃう。ぼくは同じ病室に仲のいい友達だっているし、看護師さんとだってなかよしだし、病院なんてちっともこわくないのに、ごかいされたら嫌だ。

「とりあえず、お店の人に話して病院までつれていってもらおう」

けんりつそうごうびょういんの、しょうにかびょうとうの、三階の……。うん、住所だってちゃんと言える。大丈夫。

夜に寝たはずなのに、商店街は夕方だった。ぼくは砂利道を靴下で歩きながら、近くのお店のドアを開けようとした。でも、開かない。

「あれ？」

何回やってもダメだった。その隣の店も、向かいの店も開かない。もしかしてこの商店街って、つぶれちゃったのかな。

だーれも、人がいない商店街。高いところには、赤と白の提灯がかかっていて、ぼくの影がありえないくらい長く伸びていた。

ぼくは、ちょっとだけ怖くなった。ふしぎな商店街に迷い込んだら、知らない世界につれていかれるアニメ映画を思い出したからかも。

胸がドキドキして、息があがる。ぼくはそのまま、早足で歩き始めた。

どこか、どこか開いてるお店はないの。ずっと病院に戻れなかったら、ぼくは、ぼくは……。

いろんなお店の扉を開けようとしたり、ノックしたりして、だんだん疲れてきたころ、道の先に郵便局の建物が見えた。白くて、四角くて、ちょっと病院みたいな形の。

「や……やった！」

ぼくは知ってる。郵便局はお店じゃないから、つぶれるとか、そういうことはないって。社会科で習った。授業が受けられなくても自分で勉強しているし、院内学級だってあるんだ。テストをしたって、クラスのみんなには負けないぞ。

郵便局は病院みたいな建物なのに、ドアが自動ドアじゃなかった。木の枠にガラスがはめ込んである扉をコンコン、とノックしたけれど、返事がない。

子どももひとりで、入っていいのかな……。

おそるおそる足をふみいれると、ぼくが知っている郵便局とはだいぶ違っていた。天井も床も木で、電球がなくてランタンが灯っている。カウンターに局員さんがいるはずなのにだれもいないし、本当だったら待合所であるはずの場所には棚と机が置いてあって、きゅうくつに感じた。

背伸びして、棚の上にのっているハガキやレターセットを見る。でも、雑貨屋さんに売ってるようなキャラクターものじゃない。和紙でできている、しぶーい感じのやつだ。その中に、芋版の押されたレターセットを見つけて、手に取る。

「芋版、学校でやったなあ……」

まだ元気で学校に通えていたころ。『年賀状を自分で作ろう！』という授業で芋版を彫ったんだ。家からサツマイモと彫刻刀を持っていって、干支の絵を描いて、彫って……。楽しかったな。学校だって楽しいことばっかりじゃなかったはずなのに、今思い出せるのは楽しい思い出ばかりだ。へんなの。

「客か？」

低くて、ちょっと怖そうな男の人の声が、頭の上からした。

ぐるんと見上げると、緑色の郵便屋さんの服を着たお兄ちゃんが立っていた。でも、お兄ちゃんはぼくの知っている大人とはぜんぜん違っていて、アニメに出てくるヒーローみたいだった。長い銀色の髪とか、紫色の瞳とか、すっごくキレイな顔とか。

でもこの人、郵便屋さんの服を着ているのにちっとも優しそうじゃないな。ぼくがそう思ったとき、お兄ちゃんはとんでもないことを言い出した。

「ん……？　お前、人間じゃないな」

「な、なに言ってるの。失礼だよ！　ぼくまだ死んでないし、ちゃんと人間だよ！」

ぼくはカッとなって言い返し、怒りながら泣きそうになっていた。人間じゃないって、幽霊ってことでしょ。幽霊って、死んだ人ってことでしょ。ぼくは病院のベッドの上で寝ているんじゃなくて、本当は死んでるかもしれないなんて、考えないようにしていたこわいこと、言わないでほしい。

「そういう意味ではない」

お兄ちゃんの眉毛が、ちょっとだけ真ん中に寄った。

「お前は生き霊だ。本体から魂だけ、幽体離脱している」

「ゆうたいりだつ……」

一時期、臨死体験の本をたくさん読んでいたんだけれど、そこにも幽体離脱は出てきた。そうか、ぼく、むゆうびょうじゃなくて幽体離脱してたんだ。

「だから、胸も苦しくないし痛くなかったんだ」

こんなペラペラのパジャマと靴下で外に出たら、絶対に具合が悪くなるはずなのに、早歩きしても平気だった。そのせいだったんだ。

「人間の子どもも珍しいが、生き霊の客も珍しいな」

キレイなお兄ちゃんは、ぼくのことをじーっと見る。自分で手を見ても透けているわけじゃないし、足が浮いているわけでもない。お兄ちゃんは、どうしてわかったんだろう。

「お兄ちゃんもけっこう、大人の中では珍しいと思うけど」

珍しい、と言いながら、表情をまったく変えずにぼくを観察しているから、ちょっとイジワルしてやろうと考えてそんなことを言った。

「そうなのか？」

「そうだよ。そんな髪の色の人、周りにいないもん。それに、あんまり人間っぽくないよね？　学校にある銅像みたい。なんか、さわっても冷たそう」

怒られると思ったのに、お兄ちゃんは一瞬、目をみはった。

だ。

「子どもは鋭いのだな」

わりと失礼なことを言ったのに、お兄ちゃんはムッとするどころか感心した様子だ。

「ねえ、お兄ちゃんはこの郵便局の人？」

「私はこのたそがれ夕便局の局員、水月だ。これを読め」

水月さんが渡してきた紙には、習字で文字が書いてあった。漢字が多かったけれど、なんとか読めた。『たそがれ夕便局ご利用のご案内』っていう見出しだったけれど、その内容はとってもへんてこだった。

ぼくはこれを、水月さんのいたずらだと思った。子どもだからからかってやろうとしたんだろう。でも、ぼくはこんな簡単ないたずらにはだまされない。

「ふうん。この前、似たような話の本を読んだよ。それは死んだ人の手紙を届ける話だったけど。でもそういうのって、全部おはなしなんだよ。現実にはそんなことできないもの」

「できる。ここは現実の世界ではないからだ」

「どういうこと……？　天国ってわけじゃないよね」

ぼくはちょっと不安になった。幽体離脱した人が、天国まで行って帰ってくるなんて、お約束だったからだ。帰ってこられたから臨死体験になったけれど、そうじゃなかった人はそのまま死んでしまったんだろうなって、本を読むたびに思ってたから。

でも、この人は天使にも神様にも、ご先祖様にも見えないな。

「ここは、現世と幽世《かくりよ》の狭間にある、夕闇通り商店街。ここで店を営んでいるのはみんな、ほかに行き場のないあやかしか、変わり者だ」

ぼくはちょっとびっくりした。ここがなんだかふしぎな場所だっていうのには気づいていたからそれほどでもなかったけれど、水月さんがあやかし——妖怪だってこと。人間っぽくないって言ったのだって、冗談だったのに。

「ここに来る人間には、だれかに伝えたい言葉がある。それは生き霊のお前だって例外じゃない。私は、そういう人間の書いた手紙を届けている」

「伝えたいことは……なくはないけど……」

お父さんとお母さんに、もっと弟といっしょにいていいよって手紙を書いたら、安心してくれるかな。

でも、それより気になっているのは——。

「ねえ、手紙書いたらここ、出ていけって言う？」

「……？　用が済んだなら出ていくだろう」

「じゃあぼく、まだ手紙書かない！　せっかく生き霊になって、いくら歩いてもぜんぜん苦しくないんだもん！　もっと遊びたい！」

ふしぎな商店街に来るのも、あやかしのお兄ちゃんがいる夕便局に来るのも、たぶんもう死ぬまでないことだ。せっかく元気なんだし、どうせならたくさん探検したい。それに、動いても発作の心配がないって、なんてすてきなんだろう。ずっと生き霊のままでもいいかな、なんて考えるくらい。

「生き霊の姿で外を歩くのはやめたほうがいい。悪いあやかしが寄って来ないとも限らない」

「……それって、お兄ちゃんは悪いあやかしじゃないってことだよね。やっぱり、そうなんだ」

水月さんは、優しくもないけれど悪い人でもない。ふつうの大人って、病気の子どもにはすっごく親切にして甘やかしてくれるから、こんなに平然としてる人って初めてだったんだ。でも、ぼくにはそれがとても心地よかった。特別扱いされるのって、それが当たり前になるとちょっと寂しくなる。

「じゃあ、外には出ない！　ここにいるから、ぼくと遊んでよ、水月お兄ちゃん！」

ぼくは水月さんの、白い手袋に包まれた手をぎゅっと握る。ずっとクールな表情を崩さなかった水月さんの驚く顔が、このときやっと見れたんだ。

「遊ぶとは、なにをするんだ……？」

水月さんは、絞り出したような声でつぶやいたまま、考えこんでいるみたいだった。遊ぶだけなのに、こんなに悩むなんてへんなの。まるで、生まれてから今まで遊んだことがないみたいだ。水月さんがあやかしだとしても、子どもだったころだってあるだろうに。

ぼくは水月さんにはかまわず、夕便局の中を好きに探検することにした。まずは、引き出しがついている机から。机の板がぱかぱか動くようになっていておもしろい。

「ねー、水月お兄ちゃん！　この机の引き出しの中、見ていい？」

「かまわない」

「なにこれ。アルコールランプと……小さいろうそく？　これって手紙に関係あるの？」

それと、スプーンとハンコも入っていた。まるで理科の実験道具みたい。

「封蠟《ふうろう》だ。昔、封筒に封をするのに使っていた。ろうそくを溶かして……」

「えっ、やってみたい！　ねえ、やってもいい？」

ぼくは水月さんの言葉をさえぎってぴょんぴょん跳ねた。

「これは手紙を書いたあとに使うものだ」

「えー。じゃあ、手紙を書いたときにも使うから！　今は、練習！」

「練習か……」

水月さんは納得したのか、アルコールランプにマッチで火をつけてくれた。

「このスプーンに、そっちのろうそくをのせて溶かすんだ」

「うん！」

ぼくは、オレンジ色の小さなろうそくを選んで、スプーンにのせた。あっという間に、溶けたチョコレートみたいにとろとろになるから驚いた。

「溶けたら、封筒の上に垂らして……固まらないうちにこのハンコを押す」

封筒は、水月さんが取ってきてくれた。封筒の裏側の、シールで留める場所にろうそくを垂らして、ハンコを押す。ろうそくはすぐに固まってくるみたいで、手ごたえがあった。

ハンコを離すと、ただのオレンジ色のろうそくが、立体的な模様の入ったシールみたいになっていた。

「すごーい！　できたできた！」

以前見たファンタジー映画に、こういう封蠟の押された手紙が出てきた気がする。手間がかかっているぶんだけ、なんだか高級そうだ。でも、封をするたびにこんなことをいちいちやっていたなんて、昔の人は大変だな。

「ねえ、このハンコの模様、なに？　猫？」

「狐だ」

表情も声色もほとんど変わらない水月さんだけど、このときはなぜかムッとしたようだった。

それからぼくは、棚の上に置いてあるレターセットやハガキを、ひとつひとつじっくり見て回った。

ここに置いてあるものは、ぜんぶ水月さんの手作りらしい。

「えっ、じゃあこれとか、絵を描いたの？　青と黄色のレモン柄」

「それは二色刷りの版画だな」

「えっ、版画って白黒なんじゃないの？　どうやって二色刷りにするの？」

版画は毎年、図工の授業で作る。低学年のときは、画用紙を切って貼ったものにインクをのせて刷ったけれど、四年生になってからは板を彫刻刀で彫っている。

「まず一色目のインクを柄の部分にだけのせる。そして刷ったあと、二色目を違う部分にのせて同じ紙に刷る」

「ふうん、そうなんだ」

聞いてもよくわからなかったけど、うなずいておいた。

「じゃあ、この紅葉《もみじ》柄はどうやって作ったの？」

「それは、和紙をちぎって貼ってある」

「この透かし模様は？」

「紙を一度折ってから、ハサミで切っている」

「じゃあこれは？　紙がぼこぼこしてるけど」

「それは活版印刷だ。夕便局の二階に機械がある」

かなり時間をかけてゆっくり見て回って、いちいち水月さんに作り方を質問していたのに、棚の上はすぐに見終わってしまった。

次はどうしたらいいか困っていると、水月さんがぼくに質問した。

「お前は、手紙を書くとしたらだれに書くんだ？」

「お父さんとお母さんかな。赤ちゃんが生まれたばっかりなのに毎日むりしてお見舞いに来るから、ぼくはもうお兄ちゃんだからだいじょうぶだよって教えてあげるんだ」

「そうか、なら……」

「あっ、ねえ、机の上にあるガラスみたいなペン、使ってみていい？」

ぼくは水月さんの言葉をさえぎり、わざとはしゃいで机に近づく。水月さんは一瞬黙ったけれど、めげなかったみたいだ。

「かまわないが、手紙はまだ書かないのか」

「……書かないよ！　まだ遊ぶもん」

こんな短時間で終わりだなんてもったいない。ずっと外に行けなかったんだから、もっと遊びたい。水月さんとだってもっと話したいし、夕便局の探検だって、もっと……。

ぼくを見つめている水月さんに気づかないふりしてガラスのペンをいじっていると、水月さんはぼくに近づいてきた。体が触れてしまうくらい近くに。ぼくはさすがに、水月さんの顔を見上げないわけにはいかなかった。

「聞け。生き霊の状態が長く続くと、肉体に戻れなくなる」

水月さんは、ぼくに言い聞かせるようにゆっくり、はっきりと告げた。

「え……？」

「魂が肉体に戻れないと、お前はそのまま死ぬことになる」

「知ってるよ、そんなこと！」

追い打ちみたいにざんこくな単語を告げるけれど、ぼくはそれで驚いたりしない。だって、幽体離脱した魂がそのままきえてしまう話だって、たくさん読んできたから。臨死体験したあと死んでしまった人だって、きっと、戻ってこれた人の倍以上、たくさんいるはずなんだ。

「知っているのに、どうしてこんな時間稼ぎのようなことをしたんだ」

ぼくはちょっとびっくりした。水月さんはぼくにきょうみなさそうだったのに、ぼくのしていたことが探検でも遊びでもなく、時間稼ぎだってわかっていたから。

「だって、だって……、こわいんだもん！」

「なにがだ」

「体に戻ったらまた、胸が苦しくなる。今度こそそのまま、死んじゃうかもしれない！」

お医者さんがひんぱんに病室に来る意味も、お父さんとお母さんが毎日お見舞いに来る理由も知ってた。それはぼくが、長くは生きられないってこと。

「死にたくない。みんなに忘れられるのがこわい。お見舞いに来なくても大丈夫だなんて嘘だよ、ただの強がりだよ……！　本当は、いつもお父さんとお母さんが帰る瞬間寂しい。だれもいないときに死んじゃうんじゃないかって思うと、ひとりのときはずっとこわい……！」

ぼくの目からは、涙がぽろぽろこぼれていた。

ずっと、泣くのをがまんしてた。涙をこぼしたら、こわいのが本当になっちゃう気がして。『ぼく、死んじゃうの？』って、だれにも聞けなかった。だって、そこで嘘をつかれたとしても、相手の表情できっとぼくにはわかってしまう。

本当は、泣いて、暴れて、もっとわがままを言いたかった。帰らないで、ずっとここにいてって叫びたかった。でも、できない理由があったんだ。

「でもぼく、お兄ちゃんだから。わがまま言わないでがまんしなきゃと思って……！」

病室にお母さんがつれてきてくれた、生まれたばかりの小さな小さなぼくの弟。病気のぼくよりももっと弱い生き物に見えた、ぼくの弟。この子を守らなきゃって思った。病院と家で離ればなれ、そんなぼくが弟のためにできることはなんだろうってずっと考えてた。

いい子でいること。強いお兄ちゃんでいること。お父さんとお母さんをひとりじめしないこと。

ぼくが手のかからない子でいれば、お父さんお母さんは弟とたくさんの時間を過ごせる。ぼくには、それしかできなかった。

「それがお前の本音なんだな」

ひっく、ひっくとしゃくりあげていると、水月さんがぼくの肩に手のひらをのせた。

「それを、手紙に書いたらいい」

「だめ……。手紙はずっと残っちゃうから。お父さんとお母さんがぼくを思い出すときは、笑ってるぼくじゃないといやなんだ」

それに——ぼくがいなくなっても残るものの中でくらい、かっこつけたいんだ。

「じゃあ、どうするんだ？」

そうなったときに、ぼくがなにか言葉を残したい人は、ひとりしかいなかった。

「弟に……伝えたいことがある。でも弟はまだ字が読めないから……」

「問題ない。未来の弟に書けばいい」

「じゃあ、今のぼくと同じ歳になった弟に……。できる？」

「ああ。それだと、カード一枚ぶんくらいの文字数だ。好きなものを選ぶといい」

ぼくは涙をぬぐって、紅葉のちぎり絵のあるカードを選んだ。

「じゃあ、これで……。このペンは、インクをつけて書けばいいの？」

「ああ」

机にカードを置いて、おそるおそるガラスのペンにインクをつけた。そして、しんちょうに一文字目を書いたのだけど、字がかすれてしまった。

「……書けない」

止めたばかりの涙がじわっとあふれてくる。

「やっぱり、こんな大人が使うようなむずかしいペン、むりだよ……。鉛筆じゃないと」

こんなだだをこねたのは、手紙を書き終わったら水月さんとはお別れだとわかっているからかもしれない。できるだけ、時間を引き延ばしたかった。

「……鉛筆だったら、書けるんだな？」

「え？　うん……。いつも使ってるし」

「わかった」

うなずくと、水月さんはそのまま扉から外に出ていってしまった。

「えっ……。ひとりにされても困るんだけど」

しかたないからじっと待っていると、十分くらいしてから水月さんは戻ってきた。

「鉛筆だ。これで書けるんだろう？」

水月さんが机の上に置いたのは、半分くらいの長さになったＨＢの鉛筆だった。先っぽがすごくとがっているから、鉛筆削り器じゃなくてカッターかナイフで削ったのだろう。

「えっ……。これ、どうしたの？」

「この商店街の突き当たりに菓子店があるのだが……、そこの店主に借りてきた」

「鉛筆を借りるのに、文房具屋さんじゃなくてお菓子屋さんなの？」

「ほかに知り合いがいない」

ぼくは、水月さんに鉛筆を借りられるような知り合いがいることも、わざわざぼくのために鉛筆を借りてきてくれたのも意外だった。

「ありがとう、水月お兄ちゃん……」

なんだか、胸がぽかぽかしてくる。子ども扱いするでもなく大人が――お兄ちゃんが、こんなふうに優しくしてくれるのって、こんなにうれしいことなんだ。

ぼくにも、弟に優しくしてあげられるくらいの時間があればいいのに。

その鉛筆は手にしっくりとなじみ、とても書きやすかった。鏡文字はむずかしいから、いつもよりひらがなを多めにする。

自分の名前で締めてから、

「あっ大事なことを書き忘れた！」

と気づいた。ぼくが「どうしよう……」とうなっていると、水月さんが来て教えてくれた。

「そういうときは、追伸、と書けばいい」

「ついしん？　そうなんだ、ありがとう！」

そうして書き終えた弟への手紙は、なかなかのできだった。

そらへ
ぼくのことをわすれないでね。
お父さんとお母さんはおとなだけど、ほんとはけっこう泣き虫だから、ぼくがいなくなったあとはそらが守ってあげてね。ぼくはずっとそらのおにいちゃんだから、ずっとおそらでみまもっているからね。

りくおにいちゃんより

ついしん　そらのなまえは、ぼくがつけたんだよ。

そう、弟の名前はぼくがつけたんだ。赤ちゃんの性別がわかったときに、お母さんに『どんな名前がいいと思う？』と聞かれて。

ぼくは宇宙とか天体が好きだったから、自分の名前が『陸』なことがちょっとくやしかった。だから、弟の名前は『宇宙《そら》』がいいと答えたんだ。

これは大事なことだから、ちゃんと伝えておかないと。ぼくが大好きなものの名前をきみにつけたんだよって。

あとは、おとなでも泣くときがあるっていうのも、そらにはわからないかもしれないから教えてあげないと。ぼくは、お見舞いに来るお母さんの目がときどき赤いのを知ってる。

そして、ぼくを忘れないでほしいってこと。これを書いたとき、ちょっとこわかったんだ。もしかしたら、この手紙が届くころには、そらはもうぼくを忘れているかもしれないって。だからちゃんと、りくおにいちゃんより、って書いた。そうすればきっと思い出してくれるって思ったから。

カードを封筒に入れて、藍色のろうそくで封蠟をする。ぼくが好きな、夜空の色。

「できたよ、水月お兄ちゃん」

「たしかに、承った」

「あーあ。これでもう生き霊の時間は終わりかあ」

ぼくが伸びをすると、視界が白くぼやけてきた。ふと手を見ると、はじっこからだんだん消えてきている。

「やっぱり、書き終わったらすぐなんだね。ぼく、きえちゃうみたい」

水月さんがなにか言っているみたいだったけど、もう声は聞こえてこない。

「水月お兄ちゃん。いろいろありがとう」

最後のぼくの声は、水月さんに届いただろうか。わからないけど、水月さんは『どういたしまして』って返してくれた気がするんだ。


「――く！　陸！」

ぼくが目を開けると、お父さんとお母さんが半泣きでぼくの顔をのぞき込んでいた。

「陸！　ああ、よかった……！」

「あれ……？　なんで……？」

どうしてお父さんとお母さんがふたりでお見舞いに来ているのか、聞きたかったのに声がかすれて出なかった。なんだかのどがおかしいし、体が重くて起き上がれない。

「陸、ずっと眠っていたのよ。朝から目を覚まさなくて、今日はお父さん、お仕事をお休みしたの」

お父さんもお母さんも、点滴につながれたぼくの手を、両脇からぎゅっと握っていた。

窓から差し込む光がオレンジ色だったから、昨日の夜から夕方までずっと寝ていたことになる。

ぼくが生き霊のままなかなか身体に戻らなかったから、こっちではこんなおおごとになっていたんだ。手紙を書くのがもっと遅かったら、あぶなかったかもしれない。

ぼくは、早く手紙を書けとせかしてくれた水月さんに感謝した。

それから、看護師さんとお医者さんが来てくれて、いろんな検査をしたあとやっといちだんらくした。

ぼくの体もそのころにはふつうに動くようになっていたから、夕飯はぜんぶ食べられた。弟のそらは、今日は一時保育に預けてきたらしい。

「お父さん、お母さん。あのね、聞きたいことがあるんだ」

夕飯のあと、プラスチックのカップに入れたあったかい麦茶を飲みながら、ぼくはそう切り出した。

弟に手紙を書きながら決めたこと、早く言葉にしないと勇気がなくなりそうだった。

「なあに？」

お母さんが優しい笑顔で、ぼくに聞き返す。

「ぼくは、いつまで生きられるの？」

にこにこしていたお父さんもお母さんも、いきなり凍り付いたように顔から表情がなくなった。

「陸、どうして、そんな――」

お母さんは口元をひきつらせていて、お父さんは黙っていた。

「ぼく、もうあまり長く生きられないって、わかってるよ。だから、どのくらい生きられるのか、ちゃんと知っておきたいんだ」

ぼくはせいいっぱい真面目な顔をして、はっきりとしゃべった。

子どもだからって気を遣ってほしくない、本当のことが知りたいって、伝わっただろうか。

泣いた。

「陸……」

お父さんとお母さんが、目を見合わせる。

「ぼく、残された時間でやりたいことがあるんだ」

にこっとしてからそう話すと、お父さんとお母さんは涙を隠さずに、ぼくの前で泣いた。

それから、お父さんとお母さんは、お医者さんを含めて四人で話す時間を作ってくれた。

そのときぼくはお医者さんから直接、いまのぼくの心臓がどういう状態なのか、これからどうなっていくのかを詳しく聞いた。

そこで聞いたぼくの余命は、一年。

思っていたより短いような、長いようなふしぎな気持ちだった。

『それは、病院にいれば長くなるのか』という質問には、『ノー』という答えだった。病院にいても、苦しくなったときに薬を飲んだり、点滴したりするくらいしかできないらしい。

『だったら、おうちに帰りたい』と、ぼくはお願いした。お父さんとお母さんは反対すると思ったけれど、『陸が望むなら、自宅療養に切り替えたい』とお医者さんに頼んでくれた。

そうして、ぼくは退院して、『弟のいる家』に初めて帰れたんだ。

ぼくが決めた『生きているうちにやりたいこと』は、みっつ。ひとつめは、もっと宇宙の勉強をすること。これは、お父さんがぼくの体調がいいときに、宇宙センターに連れていってくれると約束してくれた。

ふたつめは、弟にたくさん本を読み聞かせたいということ。弟が読めるのはまだ〇歳児むけの絵本だけで、ぼくの持っている本はむずかしいみたいだけど、『このわっかがあるのは土星で、こっちの大きいのは木星だよ』と説明しながら図鑑を見せてあげた。

みっつめは、ガラスペンで字や絵を描く練習をすること。これは、夕便局でかすれた線しか書けなかったのがくやしかったから。お母さんには『どうしてガラスペンなんて知ってるの?』って驚かれたけど、テレビで見てやってみたくなった、って説明しておいた。水月さんのところにあったみたいな水色のガラスペンと、青色のインクを買ってもらった。

一年がたつ間に、ぼくは宇宙センターに行き、たくさんの宇宙の本を読み、弟にもたくさん読み聞かせた。ガラスペンでもすらすら文字や絵を描けるようになって、いろんな色のインクを使って描いた絵は、市の展覧会でも入賞した。

やりたいことはいっぱいできたし、弟ともたくさんの時間を過ごせて、お兄ちゃんっぽいこともできた。一年よりもちょっとだけ長く生きられて、車椅子に座ったままだけど、小学校の卒業式にも出席できたんだ。

でも、中学校の入学式の前に、ぼくの最期の日がきてしまった。

お母さんが泣いてる。お父さんも泣いてる。一歳になった弟はふしぎそうにぼくを見つめてる。

あんなに苦しかったのに、今は胸もぜんぜん苦しくなかった。だからだいじょうぶだよって伝えたかったのに、もうくちびるは動かなかった。目もだんだん、見えなくなってきた。

ああ、いい人生だったなあ。十二年だけだったけれど、まだ子どもだったけれど、ぼくはすごくすごくしあわせだったよ。

お父さんとお母さんの子どもに生まれて、よかった。優しいお医者さんと看護師さんに会えて、よかった。クラスのみんなからも千羽鶴とたくさんの手紙をもらえてうれしかった。そらのお兄ちゃんになれて、よかった。

だから泣かないで。ぼくを思い出すときには、笑顔のぼくを思い出してね。
じゃあ、ぼくは先に天国に行くから、また会える日まで、
さよなら――。

＊　＊　＊

水月が、ランドセルを背負った少年に声をかけると、知っている少年の面影があまりにもはっきりあって、目を細めた。

「あの、郵便屋さんですか？」

少年は利発そうな瞳でたずねてくる。

「ああ、そうだ。君のお兄さんから手紙を預かっている」

「えっ！　でもお兄ちゃんは、ぼくが小さいころに……」

「ああ。亡くなる前に書いて、私に託していった」

「そうなんだ……！」

水月が紅葉柄の封筒を手渡すと、少年はうれしそうに受け取り、「よごさないように……」と大事にランドセルの中にしまった。家に帰ってからゆっくり読むのだ

ろう。

「君は、お兄さんを覚えているのか？」

「もちろん！」

水月の問いに、少年は目をキラキラと輝かせる。

「いつも親からお兄ちゃんの話を聞いているし、家にはお兄ちゃんの本がいっぱいあって、今はぼくがそれを読んでいるんだ。お兄ちゃん、頭がよくて、小学生なのにむずかしい本もたくさん読んでいたんだよ！」

少年は、『兄の話ができるのがうれしくてたまらない』といった様子で、自慢のように語ってくれる。兄のことを尊敬しているのだろう。

「あと、お兄ちゃんは宇宙が好きで、宇宙飛行士になりたかったんだって。だからね、ぼくが宇宙飛行士になって、宇宙からの景色をお兄ちゃんに見せてあげるんだ！」

「……そうか」

「じゃあ、郵便屋さん、ばいばい！　お手紙、ありがとう！」

少年は手を振って、住宅街に向かって駆けていった。夕暮れに照らされたその姿が、いつかの少年と重なる。

水月は夕便局に戻ると、郵便鞄からオレンジ色の封蠟が押された封筒を取り出し、窓辺にそっと置く。

「忘れられる心配なんて、いらなかったじゃないか」

その封筒に向かってつぶやく水月の声は、少しだけ弔いの響きを帯びていた。

六通目

名前をくれたあなたへ

それは水月がまだ、名前もないただの鏡だったころのはなし。

花が描かれ蝶々が彫刻されたそれは、コンパクト型の手鏡だった。作られた時代はわからないが、いろいろな人の手に渡り、長い時間を生きてきた手鏡は、戦後の日本にたどり着いたときには、すでに意思と感情を持っていた。

手鏡の最後の持ち主は、手鏡に『水月』と名付けた。彼女は、まだ駆け出しの女優だった。

「ねえ、見てみて。これ、アンティークの手鏡なの。中野《なかの》の骨董品店で買ったのよ」

山田梅子《やまだうめこ》――芸名・花吹雪蝶子は、ドレッサーがずらりと並ぶショーパブの控え室で、顔に濃いメイクを施している同僚に声をかけた。

「あら、素敵じゃない」

「ふふ、いいでしょう。きっとフランス製よ。この蓋なんてほら、異国情緒があってシノワズリって感じがするし」

　蓋には牡丹が描いてあり、その上に立体的な細工の蝶が止まっている。

「それだけのものなら高かったでしょう？」

「それがね、セールだかなんだかで、だいぶ安くなっていたのよ」

「ええ？　じゃあもともと安物なんじゃないの」

「失礼ねえ。安物だったとしてもかまわないじゃない、こんなに素敵なんだから」

「まあ、あたしたちみたいな下っ端の劇団員は、高級なアンティークなんて買えないものね」

　彼女も蝶子と同じ劇団に所属していて、それだけでは食べていけないので、場末のショーパブで日銭を稼いでいるのだ。

「……夢を見るくらい、いいじゃない」

　高級品なんて買えやしないこと、知ってる。棚の隅でほこりをかぶっていた手鏡が、フランス製なわけないってことも。それでも、この鏡を見つけたとき、胸がときめいたのだ。呼ばれてる――って、そう思った。

「じゃ、あたし、出番だから」

「はーい、いってらっしゃい」

どぎついピンク色のレオタードに網タイツをあわせ、同じくピンク色のファーを首からかけた同僚は、タバコの煙で景色がかすむ控え室から、ミラーボールに照らされた酒臭いステージに出ていく。さっきまで自分が立っていたその場所は、下りてしまえば虚構に思えた。

「こんなところで、お金で買える夢を売っているなんてね。私は夢を見せる女優になりたいのに」

女優を夢見て田舎を飛び出し、二年がたつ。中学を卒業してからは家の農業の手伝いをし、十八になって上京してきた。夢見る少女だった山田梅子は、売れない劇団員の現実と、夜の社会の汚さを知って、〝花吹雪蝶子〟に羽化したのだ。

蝶子は、化粧を直そうとコンパクトを開く。

「あら？　なんだかあなたに映った私、いつもよりキレイに見えるみたい。気のせいかしら」

ドレッサーの鏡に映った自分の顔と、コンパクトに映った自分の顔を見比べる。ステージ・メイクを施して金髪のかつらをかぶった顔は自分じゃないみたいだけど、コンパクトに映っている顔のほうが生き生きして見えるような気がする。照明の当たり方や鏡の角度のせいかもしれないが。

「鏡花水月《きょうかすいげつ》、っていうものね。花は本物より鏡に映したものが、月は水に映ったもののほうがより儚くて美しい……。だったら私たち女優は、本物よりスクリーンやテレビの中にいたほうが美しいんだわ。私はまだ、小さなステージにしか立ったことがないけどね……」

劇団の公演でも、端役《はやく》しかもらったことがなかった。主役は、蝶子より美人だったり、演技がうまかったりする女優がさらっていく。自分も早くその場所に立ちたくて、あいた時間は熱心に稽古しているけれど、まだ努力は実を結ばない。

「そうだわ。あなたに〝水月〟と名前をつけましょ。私が有名になったら、『大女優・花吹雪蝶子の私物！　無名時代からの愛用品』としてテレビに紹介されるのよ。あなたが高価なアンティークでもそうじゃなくても、きっといい感動話になるわ」

自分が有名な女優になれるほど甘い世界じゃないとわかっていても、田舎に帰る気は起きなかった。どうしても、銀幕のスターになりたかった。その夢を捨ててしまうのは、死ぬことと同じだと思えた。

「私は絶対に大女優になるのよ。日本中が、私の演技に熱狂するのだわ……」

自分に言い聞かせるように、つぶやく。それはきっと私の使命なのだ。今苦労しているのも、神様が試練を与えているのだ。そう思うことで、また明日からも生きられる気がした。

それからまもなく、蝶子には転機が訪れる。なんと、有名な映画監督の新作映画、そのヒロインに抜擢されたのだ。

たまたま、劇団の公演をその監督が見ていて、『探していた新作のヒロインにぴったりだ』と声をかけられた。蝶子の意思の強そうな瞳と、気高い雰囲気なのに時折見せる妖艶さ、体からほとばしるエネルギーに可能性を感じたと言っていた。

やっと、自分の努力がむくわれたのだ。喜びと興奮で、何日も寝付けなかった。生意気そうに見える容姿は女優としてマイナスだと思っていたから、そこを評価してもらえるなんて驚いていた。

「ああ、ああ……！　やったわ！　やっと、銀幕デビューよ！　私が！　この私が！」

蝶子を見下し笑っていたやつら全員に聞かせてやりたい。蝶子が成功するなんてみじんも期待していない故郷の家族や、早くあきらめたほうがいいよ、とさも親切ぶって忠告してくるショーパブの同僚たち、なかなか主役を与えてくれなかった劇団の座長やメンバー、みんなに。

しかし、蝶子はもう二十歳を過ぎている。銀幕女優デビューとしては遅いくらいだから、うかうかはしていられない。ここからは最短距離でスターにならなければいけないのだ。

ヒロインの役はセリフも少なく、思ったよりも重要な役どころではなかったけれど、かまわなかった。スクリーンに映れば、蝶子の存在にみんなが気づいてくれる。

その思いの通りに蝶子は、とんとん拍子にスターの階段を上っていく。スクリーンデビューの次はドラマ出演、そしてＣＭデビューと国民的女優まであと一歩というところまで来た。

「なんだか、あなたを手に入れてから急に幸運が舞い込んだみたい。これってなにかの御利益だったりするのかしら。ねえ水月？」

蝶子はテレビドラマの楽屋で、水月に話しかける。蝶子が古い手鏡を大事にしていることは、スタッフ全員が知っていた。必ず最後は自分の手鏡でメイクをチェックしてから撮影にのぞむと。

実際に水月はすでに付喪神《つくもがみ》で、蝶子の幸運のきっかけは水月が与えたものだったのだけれど、そのことはだれも知らない。

蝶子は芸能事務所に所属し、マネージャーがついた。蝶子が動かなくても、事務所の力で仕事はどんどん舞い込んできた。撮影の際にはヘアメイクのプロがついてくれる。今までは、公演でもショーパブでも、化粧も髪のセットも自分でやっていたので、それだけで『一流芸能人の仲間入りだ』と思えた。

あるとき、事務所の後輩女優と対談の仕事が入った。対談内容は女性雑誌に掲載され、数ページにわたり写真も載るので、がんばりたい仕事だ。蝶子としては、相手より目立たなければという気合いがあった。

「おふたりは女優としてご活躍で、世間の女性たちから『理想の容姿』として憧れられていますが、おふたり自身はどうなんでしょう？　どういった見た目が自分の理想、なんていうのはあったりするんですか？」

インタビュアーが、答えづらい質問を振ってきた。

「そんなのもちろん、蝶子さんに決まってますよ〜！　私は背も低くて童顔なので、蝶子さんのようなきりりっとした美人に憧れます」

後輩女優はきっちり、こちらに対しおべっかを使ってくる。目が笑っていないから、そんなこと本当は思っていないとバレバレだ。

理想の姿は自分、と答えたら世間の反感を買いそうだし、かといって後輩に合わせて『あなたが理想よ』とうそぶくのも嫌だった。どうしたら、好感度を残しつつインパクトある答えが返せるだろうか。――そうだ。絶対にこの世にいないような容姿を理想にしてしまえばいい。

「あら、ありがとう。でも、私の答えはちょっと違うのよ。私、次に生まれるなら男がいいの」

「えっ、意外です」

インタビュアーも後輩も、予想外の返しに面食らったようだった。そうだ、これでいい。女優には意外性も必要なのだ。

それに、生まれ変わるなら男がいいというのは嘘ではない。女優ではなく俳優だったら、もっと幅広い役に挑戦できるのにという思いはふだんから抱えていた。

「そして国籍不明のミステリアスな雰囲気がいいわね。髪は銀色のロングで目は紫、長身痩躯《ちょうしんそうく》のクールな美形……」

一度『男』と決めてしまえばすらすらと言葉が出てきた。自分の中にはこんな容姿に対する憧れがあったのか、と意外だった。並べたてた言葉を具現化してできた男性は、たしかに蝶子好みだった。人を寄せ付けない孤高さを持ち、神様やあやかしの次元にいるような――そんな存在。

「なんだか、小説の中の登場人物みたいですね」

「そうね。私はそんな存在になりたいのかも。人間では表現できないような、そんな魅力を持った存在に」

「蝶子さんなら、そういった役でも挑戦できそうです」

インタビュアーが蝶子を立て、次の質問に移った。そして水月はもちろん、そばに置かれたハンドバッグの中で、一緒にこのインタビューを聞いていたのだった。


その後、蝶子に二度目の転機が訪れた。若手人気俳優の若王子《わかおうじ》拓己《たくみ》とダブル主演で、恋愛映画に出演することが決まったのだ。この作品は、『碧い』シリーズとして、映画のほかにもドラマ三部作での展開が決定していた。つまり、一大プロジェクトだった。

映画の『碧いイントロダクション』、そしてドラマ三部作の『碧いミステリー』『碧いラブソング』『碧いシンドローム』と続くこのシリーズは、余命・かけおち・心中などとセンセーショナルな題材を扱っており、放送前から話題になっていた。

このとき蝶子は二十五歳。ついに名実ともに、日本の国民的女優になったのである。

制作発表でたくさんの報道陣に囲まれ、拓己の隣に並んだ蝶子は人生の絶頂期を感じていた。

「蝶子さん、これからよろしくね。三部作は三年かけて撮影される長丁場になるから、その間僕と蝶子さんはパートナーってわけだ」

「ええ。よろしくね、拓己さん」

ハンサムな拓己からの軽口には、心がときめいた。サービス・トークだとわかっていても、『こんな人と恋仲になれたらどれだけ素敵だろう』と想像してしまう。拓己とならば話題性もバツグンだし、事務所の社長も反対しないだろう。

蝶子のひとつ上、二十六歳の拓己とは話も合った。彼も小さな劇団出身で、叩き上げの俳優だったのだ。

映画の撮影が始まり、蝶子と拓己はプライベートなことも話す仲になった。

「拓己さんのおうちって、あの若王子家だったんですか？　元財閥の……」

それは、ほかの共演者から聞いた情報だった。

「ああ、そうだよ。でも家には兄がいるし、僕は自由にやりすぎてほぼ勘当されているからね」

「だから品がいい感じがするんですね。育ちがいいというか」

「おいおい、そんなお坊ちゃんみたいな言い方はやめてくれよ。僕は十代のうちに家を出て自活しているし、貧乏生活も経験しているんだよ」

「ふうん……」

拓己は大げさに嫌がっていたが、彼にはお坊ちゃん特有の、世俗に汚れていない雰囲気があった。

貧乏生活を経験したといっても、ショーパブで生計を立てていた蝶子とは違う。いざとなったら実家が助けてくれるから生活に困ることはない。

「なんだか、ちょっと気後れしちゃうわね。私と拓己さんでは、育ってきた環境が違いすぎて。映画ではパートナーなのに、別世界の人みたい」

蝶子は、撮影後の楽屋でメイクを落としながら、水月に話しかける。『恋人になれたら素敵だな』という程度の憧れではあったが、拓己にほのかな好意を抱いていた蝶子としては、拓己が名家の生まれというのは足かせに感じた。

「いいなと思っていたけれど、少し距離を置こうかしら……」

しかし、蝶子の意思に反して、拓己はどんどん距離を詰めてくる。劇団出身でショーパブで働いていたことも明かしたが、それがかえって拓己には魅力に感じられたようだった。

「自分の力で女優になったなんてすばらしいよ。君のように熱意とハングリー精神のある人材が演劇界には必要なんだ」

「そんな、褒めすぎよ」

しかし悪い気はしなかった。実際、ほかの仕事ではなくショーパブを選んだのは表現力を磨きたいからだったたし、パブの客に『自分は芸能界にコネがあるから』とあからさまに枕営業を求められても、きっぱり断る矜持も持っていた。自慢にはならない過去だと思っていたが、拓己にそう言われてからは誇れる苦労話に感じられてきた。

それからは、雑誌のインタビューでも積極的にデビュー前の話をするようになったし、蝶子のもくろみ通り、それが世間にもプラスに映ったようで、化粧品だけではなくカレールーやラーメンといった庶民的な商品のＣＭも増えてきたのだ。

「蝶子さん、もう見たかい？　女性雑誌の、『お嫁さんにしたい芸能人』のランキング、また君が一位だったたよ。これで二回連続だね」

「あら本当？　光栄だわ」

拓己に雑誌を差し出され、さも今知ったような反応をしたが、すでに雑誌はチェック済みである。

「すっかり家庭的なイメージがついたね。実際の君もそうなのかな？」

「そうね、家事は得意よ。きょうだいが多かったから、実家にいたころから手伝いをしていたの。家は農家で母も忙しかったから……」

きょうだいは五人いて、蝶子――梅子はその一番上だった。まだ小さい弟妹を残して上京したことに負い目があったが、家族は蝶子が女優として成功したのを喜んでくれているようだった。

「それじゃ、家族はみんな喜んでいるだろうね」

「そうね……。売れてからは実家に仕送りできるようになったし、生活も楽になったみたい」

「えっ、君は実家を援助しているのかい？」

拓己は目を丸くして驚いていた。

「そうだけど、どうしたの？」

「いや、僕には実家に仕送りするなんて発想なかったから……。まいったな、やはりこういうところがあるから、坊ちゃん育ちなんて言われるんだろうな」

はあー、とため息をついて肩を落とす拓己。彼がお坊ちゃんと呼ばれることを恥じているということは知っていた。俳優は苦労すればするほどいいとさえ思っているふしがあった。

「私は好きよ、拓己さんのそういうところ。人は自分にないものに憧れるから……。きっと、あなたに恋するファンの子たちもそうなのよ」

清潔感があって、爽やかで、紳士的。軽井沢《かるいざわ》の別荘でテニスをしていそう。世間の拓己に対するイメージはそうだった。お坊ちゃんという事実は彼のイメージを後押しするし、魅力に感じる女性も多いだろう。

「そうなのかい」

拓己は頬をほんのり赤く染めて、照れ隠しのように頭をかいていた。そんな拓己を蝶子は初めて『かわいらしい』と感じた。今まで違う世界の人だと思っていたのに、拓己が弱みを見せてくれたおかげで距離が近づいた気がした。

そこからふたりが恋人同士になるのに時間はかからなかった。

「一時は、好きにならないように距離を置こうと思っていたのに、夢みたい」

『碧い』シリーズで恋人役のふたりが実際に交際をしているというのは、マスコミにとって格好のネタだった。世間は若いふたりを歓迎ムードで、結婚を望む声も聞こえてくる。シリーズも二作目を撮影中で、今結婚するのはタイミングもいい気がする。

「拓己さんも同じように感じてくれているといいんだけど」

しかし、特に進展のないままシリーズ三部作は完結を迎える。交際は順調といえば順調だったけれど、拓己の性格的になかなかプロポーズをしてこないというのは不思議に思えた。『そろそろ結婚か』と各所で報道されていることは、拓己だって知っているだろうに。

最初は拓己からのアプローチで始まったが、今ではもう、蝶子は彼なしでの生活は考えられなくなっていた。

たまの休みには彼の部屋に泊まりにいくか自分の部屋に来てもらうかし、手料理をごちそうした。撮影には拓己に作ったお弁当を持っていき、周りに仲のよさをアピールする。そういった行為を拓己は重たいとも思わず、ありがたがってくれているようだ。

拓己は売れっ子だから、もちろん『碧い』シリーズ以外にも仕事がある。ということは、蝶子の目の届かない場所でほかの美人女優とも出会っているのだ。そう考えると蝶子は気が気ではなかった。お人よしの拓己だから、そうとは知らずついうっかり女性からの誘いに乗ってしまう、ということも考えられた。だからこそ、早く結婚して安心したいのに――。

「どうしてプロポーズしてくれないのかしら。まさかほかに相手がいる、なんてことないわよね。拓己さんに、そんな器用なマネできるわけないし」

この蝶子の予感は、悪いかたちで的中してしまう。

『人気俳優・若王子拓己には婚約者がいた⁉　俳優をやめて家の事業を継ぐ約束』シリーズ三部作が完結を迎え、ドラマ放送もちょうど終了したころ、週刊誌にそんな見出しが躍った。

「嘘でしょ……？　三十歳までに俳優をやめて家を継ぐって……。もうすぐじゃない！　それに幼いころからの婚約者がいるって、どういうこと⁉」

拓己の住んでいるマンションをたずね、泣きそうになりながら詰め寄ると、土下座をして謝られた。

「蝶子、隠していてすまなかった」

床に手をつく拓己を見た瞬間、激昂していた熱が冷め、目からぽろぽろと涙がこぼれた。

「本当なのね……」

もしかしたら偽スクープかもしれないと、心のどこかで期待していた。『あんなの嘘だよ。心配かけてごめん』と言ってもらえると思っていたのだ。

蝶子の希望は、今この瞬間ついえた。

「ちゃんと話すよ……。長い話になるから座ってくれ」

拓己は蝶子に、ソファを勧めてコーヒーを入れてくれた。いつもだったら隣に座るのだけど、わざとテーブルを挟んだ向かいに腰掛けた。コーヒーに口をつける気分にはならなかった。

そんな蝶子を拓己はちらりと見たけれど、消沈した様子でなにも言わなかった。

「僕の家についてなんだけれど……。週刊誌に書かれたことはだいたい当たってい る。ただ僕は、家を継ぐつもりも婚約者と結婚するつもりもないと言って家を出たし、両親も許してくれていると思っていた。実際勘当されて、今まで連絡はなかったし。でも、事情が変わったんだ」

「事情……？」

「先日、家を継ぐはずだった兄が亡くなったんだ。交通事故だった」

「えっ……！」

驚きながらも、蝶子には思い当たるふしがあった。先月、『急に予定が入った』と何日も会えなかったことがあったのだ。そのときに兄が亡くなり、葬儀で実家に帰っていたのかもしれない。

「若王子家に男は僕と兄のふたりだけだった。兄がいなければ、僕が家を継ぐしかない。兄の葬式で言われたよ。今抱えている仕事もあるだろうから、三十歳の誕生日までは待ってやる。でもそれを過ぎたら、無理やり家に連行すると――」

「そんなの、無視することはできないの？　あなたは人気俳優だし、事務所も大きい。きっと守ってもらえるわ」

「無理だよ……。『若王子拓己を使うならスポンサーを下りる』と言えば、どのテレビ局も僕を使ってくれなくなる。うちがスポンサーをしていない局なんてないからね。親父の一言で、主演のテレビドラマだって降板させられる」

「そんな……」

　経済界に無知な蝶子は、若王子家がそこまで権力を持っているなんて知らなかった。どんなに実家が大きい会社でも、芸能界とは関係ないと思っていた。だから拓己も自由にやれているのだと。でも、違うんだ。日本では、大きな権力を持つ人たちはみんなつながっている。今までは兄の存在があって、拓己が若王子家の眼中になかっただけだったのだ。

「ひどいわ……！　今になって手のひらを返すなんて……！」

　蝶子は顔をおおってわあっと泣いた。泣きたいのは拓己のほうだとわかっているけれど、彼はきっと蝶子の前では強がって涙を見せないに違いない。

「蝶子……。僕は君と離れたくないし、俳優もやめたくない」

ソファから立ち上がり、フローリングに膝をついた拓己が蝶子を見上げる。

「わかっているわ！　あなたがどれだけ演劇に人生をかけているか、私は一番近くで見ていたのだもの！　『碧い』シリーズにかかった三年の間、ずっと隣で……！」

「そうだね、そうだったね……」

蝶子もソファから下り、ふたりは床の上でしっかりと抱き合った。

「ひとつだけ、実家から逃れる方法がある」

無言で抱き合う時間が過ぎたあと、拓己は蝶子の体を離して目をまっすぐ見てきた。

「本当？　どんな方法なの？」

「ただこれは、君の人生も巻き込んでしまう……」

「そんなの今さらよ。私はあなたが俳優をやめるのも、ほかの女と結婚するのも絶対に嫌。なんだって協力するわ」

拓己とは公私ともに最高のパートナーだった。ひとりの男性としても拓己を愛していたし、彼と知らない女が結ばれると想像しただけで胸がはち切れそうだった。

「ありがとう……」

拓己の目が潤んでいた。拓己も蝶子を愛してくれている。俳優をやめることも、蝶子と別れることも彼は考えていないと思えて安心できた。

「それで、私はなにをすればいいの？」

だから――まさか拓己の口からこんな言葉が飛び出すなんて、想像していなかったのだ。

「かけおちしよう、蝶子」

「え……？」

一瞬だけ、この部屋の時間が止まったように感じた。そのくらい、蝶子には現実味のない言葉だった。

『碧い』シリーズの二作目は、蝶子と拓己演じる男女がかけおちして終わった。三作目は心中。女優として悲劇を演じてきたのに、いざそれが自分の身に降りかかるとなると、なにも想像できなかった。

「ふたりで遠くの街に逃げて名前を変え、小さな劇団から始めるんだ。俳優としてのキャリアは捨てることになるけれど、僕たちならまた成功できるはず」

拓己の声が遠くから聞こえる気がする。苦労して、やっと国民的女優になれた。そのキャリアを蝶子に捨てられるだろうか。それは拓己と引き換えにしてもいいものなのだろうか。

「大事なことだから、よく考えて決めてくれ。僕は来週、東京を発つことにする」

「そんな、急すぎるわ！」

三十歳の誕生日まではまだ時間がある。せめてそれまでは待ってくれないか説得しようと思ったが、拓己の表情も口調も切羽詰まっていた。

「もう猶予がないんだ。父は一刻も早くこのマンションを引き払うように圧力をかけてくるし――。もし僕と一緒になってくれるなら、ここに来てくれ」

拓己がそっと渡してきたメモ用紙には、日時とどこかの店の名前が書いてある。

蝶子は呆然としたまま、拓己のマンションをあとにした。

タクシーを止めて、ふらふらした足取りで自分の部屋に帰る。

化粧も落とさず、コートを着たまま着替えもせずに、真っ暗な部屋でぼうっと座り続けた。

来週東京を出るとしたら、これから撮影が決まっているCMもドラマも、全部無責任に手放すことになる。急に姿を消したら事務所にも迷惑がかかるし、きっと家族にも居場所は教えられないだろう。

そんなこと許されるのだろうか。仮に世間が味方してくれたとしても、今後芸能界には戻れない。拓己は『また成功できる』と楽観的だったが、地方の劇団では舞台に立ててもテレビは無理だろう。若王子家が許してくれるのが、何年後、何十年後になるかわからない。そのとき自分は、もう女優としての旬を過ぎている。

「そんなの……嫌よ……！」

地方で劇団員から始めるとなると、またショーパブで働いて生計を立てなければいけないのではないか。それに、芸名を変えたとしてもすぐ気づかれるだろうし、拓己は本名だからほかの仕事をするのも難しい。苦しい生活になるのは間違いない。

拓己のことは愛しているが、そんな生活に私は耐えられるのだろうか。途中で『やっぱりかけおちなんてしなければよかった』と後悔しないと言えるだろうか。それは、自分の人生を丸ごと捧げられるくらいの愛なのだろうか……。

「わからない……わからないわ……！」

女優としてのキャリアも、拓己も、両方失いたくない。でも、どちらかを選ばなければいけないのだ。選択を放棄すれば、自動的に拓己を失う。

「水月……私はどうすればいいの？」

ハンドバッグから手鏡を取り出し、問いかける。答えが返ってくるわけもなく、鏡に映るのは疲れきった女の姿だけだった。

一週間、考えた。何度も自問自答して、将来を想像した。そして、蝶子はやっと、決断した。

メモに書いてあったのは、喫茶店の名前だった。常連のお客しか来ないようなさびれた店で、コーヒーを頼んでひたすら待つ。しかし、約束の時間になっても拓己は現れない。

一時間が過ぎ、さすがに遅すぎるのでは？　もしかして店を間違えたのか？　と焦り始めたころ、ひとりの男性が息を切らしながら店に現れた。彼は、拓己のマネージャーだった。

がたり、と蝶子は席から立ち上がる。入口できょろきょろしていたマネージャーは、すぐに蝶子に目を留めて駆け寄ってきた。一瞬、追っ手の可能性が頭をよぎったが、蝶子に頭を下げる様子から彼は味方なのだとわかった。

「拓己さんは……!?」

「今、実家の手の者から逃げています。この店もバレているので場所を変えたいそうです」

「そんな」と言葉を失う蝶子に、彼はメモを渡してくる。開くと、書き殴ったような字で、どこかの地名が書いてあった。拓己の筆跡かどうかは読み取れないが、きっと追われながら急いで書いたのだろう。

「ここは……？」

「茨城の駅です。電車で向かってください」

「わかったわ。……あ、ちょっと待って」

蝶子はマネージャーから受け取ったメモの裏に、万年筆でメッセージを書く。

必ず来てね。ずっと待っているから

「これを拓己さんに」

マネージャーはうなずき、そのメモをポケットにしまった。

緊張の中、蝶子は電車に乗り、茨城の駅に向かう。見張られている可能性も考えて、まったく関係のない駅で乗り換えたりした。

メモにあった、茨城の無人駅に着くころには、すっかり夜だった。

「寒……」

駅には待合室もなく、ホームの椅子に座り、自分の体を抱くようにして温めながら夜を過ごした。いつ拓己が来るかわからないからここを動くわけにいかなかったし、どのみち無人駅しかない田舎町では、夜に開いている店も少ないだろう。

運の悪いことに、雨まで降り出した。横殴りの雨は、簡単にホームまで入り込んで蝶子のコートを濡らしていく。

「拓己さん……早く来て……」

体が震え、歯の根がかみあわない中、拓己の名前をつぶやく。

寒くて、なにかをしていないと意識を失いそうだった。

「水月……話し相手になってね」

手鏡を開き、蝶子は水月相手に拓己との思い出話を語って聞かせた。

「初めてお忍び旅行に行ったのは、軽井沢だったの。そう、そのとき拓己さんったら、記者に見つからないようにって付けひげまでつけていたのよ。それが全然似合ってなくて、本当におかしかったわ……」

話すことがなくなると、今まで演じた役のセリフを暗唱した。

「絶対に、あの世で一緒になりましょうね。私、天国までずっと、あなたの手を離さないわ――」

夢見るような表情でつぶやき、ゆっくり目を閉じる。演じているときは寒さに震えることもなく、蝶子には役が乗り移ったようだった。

「これは『碧い』シリーズ最終章で、心中したヒロインのセリフよ。でも私は死んでから一緒になるなんてまっぴら。生きているうちに拓己さんと結婚して、幸せな家庭を築くのよ。貧乏でもいい、笑顔が絶えない……私の実家みたいなそんな家庭を」

　実家の両親や弟妹たちの顔を思い浮かべる。きっとすぐに、蝶子と拓己がかけおちし、失踪したことは報道されるだろう。家族に居場所は知らせられなくても、せめて無事なのはすぐに伝えよう。そう心に決める。

「住むのはどこかの田舎町にしましょう。そうすれば、ふたりで野菜を作って暮らせるもの。ショーパブで働くよりずっといいわ……。劇団がなければ、ふたりで作ればいい……」

　観客がだれもいなくたっていい。ふたりで演じていれば、ずっと一緒にいられれば、きっと幸せになれる。

「だからお願い、早く来て。早く私を抱きしめて……」

　雨は一晩中降り続け、そして拓己がやってこないまま朝になった。

「どうして……？　拓己さん……」

始発が動いてしばらくたっても、拓巳が電車に乗ってやってくる気配はない。それでも辛抱強く、お手洗いさえ行かずに待っていると、駅の利用者が増えてきた。スーツのサラリーマンや学生服の若者たちだから、ちょうど通勤通学の時間帯なのだろう。

変装しているとはいえ、花吹雪蝶子に気づく人も現れるのではと不安になったが、すっかり濡れネズミになったみすぼらしい女はとても女優には見えないようだ。

しかし逆の意味で注目を集めているので、場所を移動しようと腰を上げる。

「あ――」

だが、完全に立ち上がる前に、ぐらりとめまいがしてその場に崩れ落ちた。

かしゃん、となにかが割れる音がする。手に持っていた手鏡の感触がないから、鏡が割れたのかもしれない。

「水月……」

「大丈夫ですか!?」

駅員の制服を着た男が、蝶子の目の前に座り込むのが見える。起き上がらなきゃ、と思うのに指一本動かせない。どんどん目の前が暗くなって、意識がもうろうとしてくる。

「うわっ、すごい熱だ……！　救急車を呼びますよ、名前を教えてください」

「蝶子……いえ、梅子……。山田、梅子よ……」

とっさに本名を答える。拓己に迷惑がかからないようにするためだった。

「お願い待って、もうすぐ彼がやってくるのよ……。ここにいなくちゃいけないの……。だれかどうか、彼に伝えて……」

とぎれとぎれにつぶやくが、蝶子の訴えを聞き取れた者はいなかった。蝶子は救急車で近くの病院に運ばれ、そのまま山田梅子として入院することになった。

「拓己さん……拓己さん……」

一晩中雨に打たれたせいで肺炎になり、何日も高熱を出してやつれた蝶子には、もう国民的女優の面影はなかった。医師や看護師に、うわごとのように「彼を待っているの」「きっと来てくれるわ」と繰り返していたが、かわいそうな女の妄言と思われているようだった。

ハンドバッグの中を探すと、手鏡はきちんと中に入っていた。きっと駅員が入れてくれたのだろう。蓋に施された蝶の装飾は欠け、開くと鏡の部分に大きなヒビが入っていた。鏡をのぞくと、自分の顔がひび割れたように見える。

「ふふ……まるでおばあさんみたい……。こんな姿じゃ、拓己さんにも気づいてもらえないかもしれないわ……」

少し体が動くようになると、蝶子はハンドバッグに入っていた口紅を塗り始める。拓己には少しでもキレイな姿で会いたかった。髪はぼさぼさ肌はぼろぼろで、唇だけ濃い赤に塗った蝶子があまりに憐れだったのか——もう医師も看護師も話しかけてはこなかった。

「紙をちょうだい……手紙を書きたいの……」

看護師は売店で便せんと封筒を買ってきてやり、蝶子に手渡した。それを使い、蝶子は一日に一通ずつ、拓己に手紙を書き始めた。

拓己さんへ
私が入院してから、もう一週間がたちました。あなたはまだ来てくれないの？
ずっと点滴だけだったけど、今日からはおかゆが食べられるようになりました。
きっとあなたは、私を焦らしているのね。
あなたが来るまでに、ちゃんと歩けるようになっておかなきゃね。
愛してるわ

蝶子

ベッドサイドの引き出しに、たまっていく手紙。蝶子の体力はうまく回復せず、手紙の文字はかすれてところどころが読めなくなっていた。

意識がはっきりしなくても、芸能ニュースだけは病室のテレビで毎日チェックしていた。拓己になにかがあれば、ニュースですぐわかると思ったからだ。『花吹雪蝶子が失踪』というのはすぐ報道され、事務所に残した書き置きも公開されたが、蝶子が今、茨城の病院に入院しているということはだれも知らないようだった。

入院してから二週間、三週間がたち、蝶子は目を疑うようなニュースを病床で知る。

『人気俳優・若王子拓己　婚約者と結婚！　芸能界をやめ実家を継ぐことに』

テロップが流れ、アナウンサーが拓己の名前を読み上げたとき、蝶子は手に持っていた万年筆をぽとりと落とした。

「嘘……。どうして……？」

ニュースは引き続き、拓己の現状を伝える。花吹雪蝶子と交際していたが、蝶子は書き置きを残し失踪したまま行方不明で、振られた拓己が傷心のまま実家に帰ったらしい。

「花吹雪さんが失踪された際には、かけおちではないかと噂されましたが、若王子さんが否定しているということです」

「じゃあ、花吹雪さんはいったいどうされたんでしょうね？」

「花吹雪さんの事務所は、仕事で疲れてゆっくり休みたくなったのでは、とコメントをしています。このまま、彼女からの連絡を待つ方針だそうです」

「花吹雪蝶子さんの、一日でも早い復帰を望みます。——それでは次のニュースです」

震える手でテレビを消す。蝶子は目を見開いたまま、なにも映していない黒い画面を凝視していた。

「どうしてこんなことになったの……？　あの日私はたしかに、拓己さんに茨城の駅で待つと伝えたわ……。あの手紙は届かなかったの？」

ふと、拓己のマネージャーの様子を思い出す。マネージャーが渡してきたメモは筆跡が崩れていて、拓己のものかはわからなかった。

「まさか、あのマネージャーが、若王子家の内通者……？」

彼は、自分が味方だとは一言も言わなかった。マネージャーなら拓己の味方だろうと信用してしまった自分が甘かった。きっと、蝶子の手紙——メモの裏に書いたメッセージも、拓己の手には届かなかったのだろう。

拓己は時間に遅れただけで、場所を変えるというのも嘘だったに違いない。その後やってきた拓己は、蝶子が待ち合わせ場所に来なかったと誤解して、実家に帰ったのだ。自分が振られたと思い込んで——。

「違うのに……！　全部、誤解なのに……！　ああでも、もうすべてが遅いわ……。なにもかも、変わってしまった……」

せめて東京にいれば、すぐ誤解はとけた。蝶子が茨城の病院から離れなかったことで、最悪の方向に動いてしまった。きっと、連絡を取れないようにするために、茨城の無人駅を指定したのだろう。

「ああ、手紙さえ彼の手に渡っていれば……！」

蝶子はベッドの上で慟哭《どうこく》する。もう、なにもかもどうでもよかった。拓己は婚約者と結婚してしまったし、こんな醜聞《しゅうぶん》のあとでは女優に復帰もできない。

「このまま、死んでしまいたいわ……」

その後蝶子がペンを取ることはなく、容態が急変し、失意のまま息を引き取った。

＊　＊　＊

「この部屋の亡くなった患者さん、花吹雪蝶子だったんですってね……」

主がいなくなった蝶子の病室で、看護師がふたり、ベッドを片付けている。

「まったく見た目が違うからわからなかったわ」

「テレビでは、失踪中の急死って報道されていたけれど……これはほぼ衰弱死《すいじゃくし》よね。どうしてテレビでは隠すのかしら」

「さあ……。イメージが悪くなるからじゃないの？」

「でも花吹雪さんは亡くなっているのよ。いったいだれのイメージが悪くなるっていうのよ」

「若王子家じゃない？　振られたっていうのは嘘で、若王子拓己が花吹雪さんを捨てたんじゃないかって噂になってるわね」

「本当かどうかわからないけどね。もう若王子拓己はテレビに出ないし……あら？」

「どうしたの？」

看護師が、ベッド横の引き出しを開けて首をかしげる。

「花吹雪さんが毎日書いていた手紙がないのよ。二十通近くあったと思うんだけど」

「あら、ほんとね。からっぽ」

「ご実家の方が持って帰ったのかしら？」

「いえ、病室には来ていないはずよ。おかしいわね……」

＊＊＊

そのころ水月は、蝶子の手紙を携えたまま、現世と幽世の間をさまよっていた。人間の姿になれると知ったのは、蝶子の亡くなったあとだった。銀色の長髪に紫の瞳というそれは、蝶子が以前『理想の見た目』として語っていたものだった。ただひとつ違うのは、顔の左側に大きな傷があることだ。鏡に入ったヒビが、そのまま外見に現れてしまったらしい。

「これでは、理想の姿にはなれぬな……」

水月自身は人間の美醜には興味がなかったが、なぜだか蝶子の理想の姿でいなくてはならない気がしていた。どうしてなのかは、わからない。

水月は髪の毛を前に持ってきて、傷を隠すようにした。

「これでよい」

やや強引だったが、傷が隠れるなら手段はなんでもよかった。

水月は、自分の体を見下ろす。身にまとっているものはなぜか、灰色の着物だった。蝶子の父がよく着ていたのがこの色の着物だったので、それが反映されたのだろうか。水月は、蝶子の父の姿を霊安室で見た。

水月に感情の起伏はあまりなかったが、蝶子の遺体と対面し、泣き叫ぶ両親や幼い弟妹を見ていると、胸の場所がざわざわした。これ以上ここにはいたくないと感じた。そして自分の感情の正体がよくわからないまま、手紙を持ち出し、病院を出たのだ。

姿を消して現世を歩いていたのだが、いつの間にか幽世との境目に来ていた。かまわず進んでいたら、なにやら商店街のような場所に出た。夕暮れの橙色《だいだいいろ》が、やたら目にまぶしく感じられる。

「なぜこんな場所に商店街があるのだ」

現世の商店街とは雰囲気が違うし、あやかしの弱い気配をいくつか感じる。店はどこも閉まっている様子で、気配はあるのにあやかしは姿を見せない。

電信柱がないのに、赤と白の提灯が灯っているのも妙だった。きっと狐火かなにかで火を灯しているのだろう。

突き当たりまで歩いていくと、開いている菓子店にたどり着いた。『コハク妖菓子店』と看板がかかっている。

「頼もう」

勢いよく扉を開けて中に入ると、金髪で袴姿の男が立っていた。狐耳がついてい
るし、人間とあやかしのまざった気配がするから、半妖なのだろう。

水月は店の中を見回す。こぢんまりした店内には腰の高さくらいの棚が並んでい
て、最中や豆大福などの和菓子や、こんぺいとうやキャラメルなどの駄菓子が置い
てあった。それだけ聞くと雑多な感じだが、不思議とまとまりがある。

「いらっしゃいませ。この店にお客様とは珍しいですね」

狐耳の男は慇懃《いんぎん》に挨拶してくる。そのあと、なにかに気づいたように目を細める
と、ぬるっと水月に近寄ってきた。

「しかもあなた……雲外鏡《うんがいきょう》ではないですか。これはよけいに珍しいですねえ」

棒立ちになっている水月の周りをうろうろしながら、上から下まで観察してくる。

「うんがいきょう、とはなんだ」

「鏡の付喪神のことです」

「私は、そのような存在だったのだな……」

己が鏡である、ということしか認識できなかった。人の姿になれたのもたまたま

なのだ。

「私はこの店の店主、孤月《こげつ》です。付喪神のお客様でも歓迎しますよ」

「客ではない。気づいたらこの商店街に来ていた。帰る方法を知りたい」

「ふむ……」

孤月は思案し、狐のような金色の瞳で水月をじっと見つめる。

「教えるのは別にいいですが、あなたはどこに帰ろうとしているのですか？」

「……帰る場所は、ない」

ここまで止まらずに歩いてきたのだが、どこかを目指しているわけではなかった。

「お名前を聞いても？」

「水月だ。私を持っていた女がつけた」

「いい名です。鏡花水月が由来でしょうか。鏡に水月とつけるなんて、センスがよい方だったのですね」

「わからぬ。――が、女はもうおらぬ」

「そうですか……」

孤月は、それだけで水月の事情を察してくれたらしい。

「水月さん。行くところがないなら、この夕闇通り商店街で店を開くのはどうでしょうか。ここは半妖にも、はぐれ者のあやかしにも寛容です。あなたが付喪神でもだれも気にしません」

「店か……」

水月のつぶやきに興味の欠片を感じとったのか、孤月の狐耳がぴくりと動く。

「なにか、やりたいことはないのですか？」

「手紙……手紙を届けたいのだ」

水月が腕に抱えるようにして持っていた手紙の束に、孤月はちらりと目を落としてから微笑んだ。

「それならば、郵便局を開くのはどうでしょう？　ちょうど、うってつけの建物があるのですよ」

水月は、もともと郵便局だったという建物に案内され、孤月の勧めでそこを使うことにした。他人の手紙を届けたいわけではなかったのだが、ほかにやりたい店も思いつかなかったので流れに身を任せた。

「郵便局には、手紙を書くための便せんやハガキが必要ですね。棚や書き物机はここに残っていましたが……」

「どうするんだ？」

「ないなら、作るしかありませんね」

便せん類の製作は、孤月とタヌキ耳の少女が手伝ってくれた。人見知りな性格のようで終始びくびくしていたが、手先が器用らしい。版画や芋版、透かし模様の便せんやカード、ハガキを作る。郵便局の二階で眠っていた活版印刷の機械を見つけたので、それも駆使する。「これは珍しい機械ですねえ」と孤月がうきうきしていた。

少女の指示に従って手を動かしていただけだが、便せん類は棚に並べられるほど立派な数になった。

ペンやインクといった備品は孤月がどこかしらから見つけてきた。封蠟、というしゃれたものの道具も。

孤月が『客が珍しい』と言っていた意味もわかってきた。現世と幽世の狭間にある商店街なんて普通のあやかしは来ないし、なぜか人間には入口が見えないらしいのだ。たまに入ってこられるのは、悩みがあって存在が不安定になった人間だけだ。しかも、自分が求めている店しか目に入らない仕組みになっているらしい。どうしてそうなのかは孤月もわからないらしいが、「悩みのある人間というのは視野が狭くなっていますからねえ」と意味深につぶやいていた。

これでもうあとは人が来るのを待つだけだ、というときになって、孤月は妙なことを言い出した。

「水月さん。手紙を預かる際には、お代をいただいたほうがいいですよ」

「なぜだ。人間の使っている金は私には必要ない」

「代価をいただく必要があるのです。あやかしが人間と関わってなにかを代わりに為す――そこで代価を払わなければ、人間とあやかしの間に妙な縁ができてしまうのです」

　妙に実感のこもった話し方だったが、孤月には、人間との間に妙な縁ができた過去でもあるのだろうか。しかし代価という概念はわかりやすかった。こちらが〝手紙を届ける〟というサービスを差し出すなら人間は金を払わなければいけないということだ。だから孤月も、菓子に値段をつけているのだろう。

「そうか、ならば切手代をいただくことにしよう」

　いくらに設定してもよかったが、郵便局ならそれがふさわしいと感じた。

「それがよいです」

　孤月は、満足したように目を細めてうなずいた。

　たそがれ夕便局、と名前を決め、人間の手紙を届けるようになって、水月は自分が鏡文字の手紙しか届けられないことを知った。いったん鏡の中を通って場所や時間を移動するので、そのときに文字が裏返ってしまうのだ。

しかも、鏡にヒビが入ったせいで付喪神としての力が不完全になり、過去や未来に持っていける文字数に制限がある。そして、過去に起こった出来事は、どんな手紙を書いたとしても変えられない。

それらの事柄を人間にうまく伝えられない。自分はずっと鏡だったから、話すことが苦手であると孤月に相談すると、『あらかじめ紙に案内を書いておいて、それを渡せばいい』とアドバイスをもらった。

それから何年がたっただろう。何通の手紙を届けたのかも、もう覚えていない。郵便配達員の制服と郵便鞄は、過去に配達した際たまたま手に入ったので、それから使用することにしている。

手紙を届けるようになってから、左目にあるヒビは少しだけ範囲が狭くなり、付喪神としての力も少しずつ戻ってきている。

欠けたものが完全にもとに戻ったなら、蝶子の手紙も過去に届けられる。そして、過去の出来事も変えられるようになるかもしれない。

失意のまま亡くなった蝶子の運命を変えることが、水月が名付け親にできる唯一の恩返しだった。

蝶子の手紙は、夕便局の二階に保管してある。しかるべき時が来るまで、手紙にこめた想いには眠っていてもらう。

「いつか……、いつか必ず届ける」

その日を信じて、水月は今日も、たそがれ夕便局で人間たちの手紙を届けている。

この作品は書き下ろしです。

夕闇通り商店街
たそがれ夕便局

栗栖ひよ子

2023年2月5日　第1刷発行

発行者　千葉 均
発行所　株式会社ポプラ社
〒102-8519　東京都千代田区麹町4-2-6
ホームページ　www.poplar.co.jp
フォーマットデザイン　bookwall
組版・校正　株式会社鷗来堂
印刷・製本　中央精版印刷株式会社

N.D.C.913/207p/15cm　ISBN978-4-591-17697-9

P8101464